Eberhard Traum

VerHeddERt
im LAMETTA

Gelebtes und Erlebtes
zum Fest der Liebe

*Der Mensch wirft das Los,
aber es fällt, wie der Herr will.*

Salomo 16, 33

1

Titelfoto und Fotos im Innenteil:
Eberhard Traum

Bibliographische Information
der Deutschen Bibliothek

Die Deutsche Bibliothek verzeichnet diese Publikation
in der Deutschen Nationalbibliografie,
detaillierte bibliografische Daten
sind im Internet über http://dnb.ddb.de abrufbar.

ISBN
9783753458663

Herstellung und Verlag
BoD - Books on Demand, Norderstedt

WIDMUNG

Ich widme dieses Buch allen Erzählern, Zuhörern und Lesern, die zur Weihnachtszeit das Gespür dafür entwickelt haben, sich etwas Zeit für den Mitmenschen zu nehmen.

Viele Begebenheiten im Leben sind alltäglich und spielen sich vor unseren Augen ab. Der Mensch registriert es, nimmt vielleicht sogar Anteil daran, wenn es sich um etwas Dramatisches handelt.
In seltenen Fällen spendet er für ein humorvolles Erlebnis sogar Applaus, unter dem Vorbehalt, gerade mal etwas Zeit zu haben.

Wenn sich die Geschichten aber zur Weihnachtszeit ereignen, bekommen solche Begebenheiten eine ganz andere Qualität. Ungewollt nehmen wir uns mehr Zeit, entwickeln größeres Verständnis für den Nächsten.
Die Gefühle, natürlich sonst auch vorhanden, werden in der Weihnachtszeit in besonderer Weise aktiviert.
Seien es Katastrophen oder Glücksmomente, wir hören plötzlich zu und entdecken nicht selten die Einzigartigkeit des Menschen in den Geschichten.

Eberhard Traum

Kapitel – Übersicht

Dramatisches

Fröhliches

Nachdenkliches

Die wenigsten Leute machen sich Gedanken darüber, was das Wort Advent eigentlich bedeutet. Es ist einfach die Zeit vor Weihnachten.
Wie - einfach die Zeit vor Weihnachten? Da wird doch nur gezählt, bis die vierte Kerze brennt und gesagt, dass man verschlafen hat, wenn die fünfte brennt.
Dabei kann doch, zumindest der kleine Racker, der mit großen Augen vorm geschmückten Weihnachtsbaum stehen möchte, kein Auge zu tun, geschweige denn verschlafen. Aber das soll ja auch manchen Erwachsenen so gehen.

Dabei heißt Advent, aus dem lateinischen im frühen Mittelalter, eigentlich nichts anderes als >Ankunft<.
Es beschreibt die Vorbereitungszeit auf das Fest der Geburt Christi und umfasst die Zeit der vier Sonntage vor Weihnachten.
Mit dem ersten Adventssonntag beginnt zudem das Kirchenjahr, die geschlossene Zeit.

Die Adventszeit verbindet der Mensch natürlich nicht nur mit der Geburt Christi, sondern auch mit den damit verbundenen Bräuchen, die in der langen Vorbereitungszeit für Abwechslung sorgen und somit die quälende Zeit des Wartens verkürzen. Besonders bei den Kindern und den ganz Großen, die Weihnachten zum Fest der Liebe empor hieven.
Weihnachten, das Fest für alle, die den Nächsten und den Frieden lieben, die Kinder der Welt, und und ...!
Für Alle?
Einige Menschen gibt es, denen traut man fast nicht zu, dass es auch für sie überhaupt Weihnachten gibt.
Man vergisst ganz, sie damit in Verbindung zu bringen.

Mit allem Möglichen, nur nicht mit Weihnachten, dem Fest der Liebe.

Aber um solche Tragödien möchten wir uns eigentlich nicht kümmern, obwohl – ganz kommt man daran nicht vorbei, und etwas wie Liebe ist dazwischen auch erkennbar.

Ansonsten kommen die Geschichten nicht ganz ohne das Sinnbild für Weihnachten aus, dem Lametta – in dem sich der Mensch gelegentlich schon mal verheddert.

Am Ende einer Strecke

Manchmal wacht man morgens in seinem Bett auf und weiß nicht was los ist. Man ist sich selbst im Weg, ist sich zu viel, ist sich zu wenig, man ist eigentlich gar nicht da.
Da helfen auch keine lustigen Beiträge im Radio, über die man gewöhnlich lachen kann. Der Mensch verabschiedet sich zur Ruhe, Entspannung und Teilnahmslosigkeit.

Plötzlich geschieht etwas Unerwartetes und der Mensch gerät ins Straucheln. Alles verändert sich und gerade erst gefasste Entschlüsse sind Makulatur.

***

Julia nahm den Hörer ab und meldete sich noch ganz verschlafen: „Torsten und Julia, guten Morgen!"

Eine Weile hörte sie dem Anrufer zu und legte dann ohne Kommentar den Hörer wieder auf.

„Wer war das?", fragte Torsten.

„Das Seniorenheim „Erna Lubbe" am Sönke-Niessen-Koog", sagte Julia ganz schläfrig.

„Ein Seniorenheim? Die haben sich verwählt!"

„Glaube ich nicht, denn sie sagten, dass ein Herr nach dir fragte und er möchte, dass du ihn besuchst. Es ginge ihm sehr schlecht. Man befürchte das Schlimmste. Hast du einen Verwandten, der in einem Heim lebt?"

„Nein. Ich habe überhaupt keine Verwandten mehr, nur meine Eltern.
Und die sind putzmunter, jedenfalls waren sie es bis gestern Nachmittag. Wenn der Anruf für mich war, weshalb lässt du mich nicht mit dem Anrufer sprechen?"

„Entschuldige, weiß ich jetzt auch nicht - du sollst jedenfalls ins Heim kommen und am Empfang nach Zimmer 11 fragen. Torsten, wo hast du gestern die Streichhölzer hingelegt?"

„Wieso, weshalb brauchst du welche? Du bist doch noch nicht mal richtig wach."

„Na, weshalb schon? Schon vergessen, was vor dem Telefonanruf war? Außerdem ist der dritte Advent."

Julia zündete die Kerze an und zog kichernd die Bettdecke über sich und Torsten. Ihr offensichtliches Vorhaben verpuffte, denn Torsten war nicht bei der Sache. Sie schwang sich auf ihn und drückte ihn fest an sich.

„Sag mal, wolltest du vorhin nicht ..." − „ich weiß, aber es geht nicht. Du musstest ja unbedingt den Hörer abnehmen."

Enttäuscht rollte Julia zur Seite. Beide lebten schon seit zwei Jahren zusammen und studierten an der gleichen UNI. Beide waren sprachlos und taten diesen Anruf letztlich doch als Irrtum ab. Aber der Anruf ließ Torsten nicht ruhen, seine Neugier wurde immer größer.
Wer wollte da unbedingt seinen Besuch - in einem Seniorenheim? Heute, am dritten Advent?

Den ganzen Tag spukte das in seinem Kopf herum.
Julia bemerkte es natürlich und wurde etwas ungehalten, denn sie glaubte, dass Torsten ihr etwas verschweigen würde. Als sich abends der Anruf wiederholte, verlangte Julia, dass er wenigstens dort hingehen sollte, um die Sache zu klären.

Am nächsten Morgen, der dritte Advent war vorbei, machte sich Torsten auf den Weg zum Seniorenheim „Erna Lubbe".

Auf dem Weg überlegte er ernsthaft, ob er etwas mitnehmen müsste, Blumen oder so.

Vielleicht eine Flasche Wein? Aber das war bei einem so kranken Menschen nicht angebracht. Oder Pralinen mit Cognacbohnen?

Das war alles Quatsch, außerdem wusste er doch gar nichts über den Anrufer. Also ließ er es sein, auch wenn es verführerisch nach allem roch, was ein Weihnachtsmarkt so zu bieten hat.

Und da der sich mitten in Husum befand, vermischte sich der Duft von Maronen mit dem Geruch des Meeres und dem Fisch.

Torsten musste genau quer durch, an allen Buden vorbei, die schon wieder geöffnet hatten. Die Verkäufer begannen, Plätzchen und Maronen frisch herzustellen. Über seine Bemerkung an einem Stand: „Na, schon Fischkekse fertig?", konnte nicht mal Hinrich lachen, der gewöhnlich, wenn nicht Weihnachten ist, seine gepulten Krabben auf viel zu kleinen Brötchenhälften anbietet und lockere Sprüche drauf hat.

Torsten musste da jetzt einfach nur durch. Vielleicht auf dem Rückweg, da könnte er ja etwas für Julia mitnehmen.

Vor dem Seniorenheim hing ein riesiger Adventskranz über der Eingangstür und Torsten stieß mit dem Kopf dagegen. Er war immerhin 1,94 m groß, und für ihn hing immer und überall alles zu tief.

Während er sich ein paar Tannennadeln aus den Haaren wischte, zog er die große und sehr schwere Eingangstür auf. Torsten stand wie unbeteiligt am Empfang, die Hände in den Taschen, und fragte etwas gelangweilt nach Zimmer elf.

„Sie sind das?"

Die Frage der jungen Frau machte ihn stutzig, er hatte sie dem Sinn nach nicht einmal verstanden.

„Was hatten sie denn erwartet?", fragte er fast patzig zurück.

„Einen etwas älteren Herrn, einen Freund vielleicht. Aber ein Enkel ist ja auch nicht schlecht."

„Haben sie Engel gesagt?", fragte Torsten gequält lächelnd.

„Wir haben zwar Weihnachtszeit, aber... - das war wohl eher ein Witz und ziemlich überheblich", bekam er als Antwort. Die junge Frau am Empfang blickte etwas mürrisch drein, weil sich Torsten selbst als Engel wähnte.

Torsten war es zu blöd, darauf eine Antwort zu geben, denn er war weder Freund noch Enkel, und schon gar kein Engel.

Aber wie alt musste der Mann sein, wenn man ihn für den Enkel hielt?

Überall sah Torsten rote Kugeln, große rote Kerzen, und Schleifen. Es roch wie in einer Tannenschonung. So ganz anders als auf dem Weihnachtsmarkt.

„Wenn sie zu dem alten Herrn gehen, denken sie bitte daran, dass er maximal noch ein paar Tage zu leben hat und verhalten sie sich demnach."

„Woher wollen sie denn wissen, wie lange er noch zu leben hat?", fragte Torsten.

„Unser Arzt, der jeden Tag kommt, machte so eine Andeutung, dass es ernst sei."

„Warum wird er nicht in ein Krankenhaus verlegt?"

„Das ist eine ärztliche Entscheidung. Und gegen die Schmerzen bekommt er Medikamente."

„Ist das hier ein Hospiz?"

„Nein, aber in dem Falle könnte man es so bezeichnen."

Die Konversation mit der jungen Frau am Empfang war nicht gerade berauschend.

Wie sollte Torsten wissen, wie man sich da verhält, wenn einer nicht mehr lange zu leben hat?

Eine solche Situation war völlig neu für ihn. Zweifel kamen in ihm auf, ob er überhaupt zu dem alten Herrn gehen sollte.

Aber zur Weihnachtszeit wird man sentimental und hat Hemmungen, etwas Unerhörtes zu tun. Es gehört sich nicht, in so einer Zeit Wünsche abzuschlagen. Er stand da und blickte die junge Frau nur stumm an.

„Was ist nun, sie Pseudoengel? Zimmer elf, gleich links den Gang, erster Gang rechts, dritte Tür rechts."

„Wie heißt der Mann überhaupt? Wieso haben sie ausgerechnet mich angerufen?"

Die junge Frau schaute Torsten erstaunt an, und sagte:

„Robert Gregoris! Er hatte uns die Nummer und ihren Namen auf einen Zettel geschrieben.

Kennen sie ihren eigenen Verwandten nicht? Er hätte übrigens schon etwas öfter Besuch gebraucht."

Torsten schüttelte den Kopf über diesen nicht gerechtfertigten Vorwurf und machte sich auf den Weg zu Zimmer elf. Er konnte sich das alles nicht erklären. Das war ihm zu hoch.

Zudem zuckte er bei jedem Schritt in den blank geputzten Gängen zusammen, denn die Absätze seiner Lederschuhe schallten in den Gängen wie Donner. Die letzten Schritte vor Zimmer elf schlich er nur noch auf den Fußspitzen. Leise wie eine Katze. Sollte er jetzt an die Tür klopfen?

„Warten sie, ich gehe mit ihnen."

Erschrocken, es hob ihn fast aus den Schuhen, blickte er in das Gesicht eines Pflegers, der plötzlich neben ihm stand. Er hatte ihn nicht kommen hören, aber bei den weichen und leichten Sandalen auch kein Wunder.

An seinem Kittel hatte der Pfleger einen kleinen Tannenbaum, so groß wie eine Spielkarte, der ständig blinkte. Torsten fand das überaus albern und ignorierte das blinkende Weihnachtswunder.

„Herr Gregoris, ihr Besuch ist da."

Herr Gregoris hob weder den Kopf, noch machte er sich anders bemerkbar. Seine Augen waren offen, zeigten aber keine Regung. Er blickte stumm gegen die Zimmerdecke.

Der Alte lag da wie tot, die Bettdecke bis zum Hals nach oben gezogen. So weit, dass die Füße am unteren Bettende herausschauten und die blassen langen und dünnen Zehen wie frische Spargel-spitzen nach oben standen.

„Nehmen sie sich einen Stuhl und setzen sie sich an sein Bett, er wird mit ihnen reden können – es wird nur ein bisschen dauern", sagte der Pfleger.

Als der wieder aus Zimmer elf verschwunden war, drehte der alte Herr seinen Kopf und er blickte Torsten starr an.

„Ich freue mich, dass sie gekommen sind. Mir geht es nicht gut und ich dachte, dass ich mir noch einmal jemanden bestelle, der mir etwas zuhört.

„Guten Tag", murmelte Torsten.

„Die Pfleger und Pflegerinnen haben kein Ohr mehr für jemanden, der bald abtreten wird. Ist auch verständlich und völlig normal. Sie erleben das jeden Tag. Und jammern ist nicht so mein Ding. Haben Sie wenigstens etwas Schnee mitgebracht?"

„Nein. Es schneit nicht einmal."

Torsten überlegte, ob er jemals auf den Gedanken gekommen wäre, Schnee mitzubringen.

„Das war früher auch alles anders. Da konnte man sich noch auf Schnee verlassen, jedenfalls zu Weihnachten. Werden sie mir zuhören?"

Der alte Herr kam ohne Umschweife sofort zum Thema. Die feste und klare Stimme passte gar nicht zu den wenigen aber wuscheligen weißen Haaren.

„Das hat zwar nichts mit Schnee zu tun, aber ich höre gern zu. Wie kamen sie dazu, mich anzurufen? Haben sie denn keine Verwandten? Sie kennen mich doch gar nicht. Außerdem machen sie einen guten Gesamteindruck. Von Abtreten ist da wohl noch nicht die Rede, oder?"

Torsten trug etwas dick auf, als er von einem guten Gesamteindruck sprach. Aber er glaubte, dem alten Herrn damit ein Kompliment zu machen, das ihm seine Lage etwas angenehmer machen würde.

„Für heute habe ich mir eine starke Schmerzspritze geben lassen. Sonst wäre es ein nicht sehr erbaulicher Besuch für sie geworden. Wenn man so etwas überhaupt als erbaulich bezeichnen kann. Sie brauchen mich nicht zu schonen. Ich kenne meine Situation sehr gut. Eine Gefahr, die ich erkenne, ist nur noch halb so gefährlich. Ich kann sie beeinflussen. Außerdem hoffe ich, dass es doch den einen oder anderen Engel gibt, der mich ein bisschen beschützt. Warum ich sie angerufen habe? Das ist reiner Zufall, denn ich zog den Finger über die Telefonbuchseiten und blieb an einer Stelle stehen. Den Namen und die Nummer notierte ich und gab sie dem Pflegepersonal. Warum sollte ich denen erklären, dass ich keinen Verwandten mehr habe, der sich in den letzten Stunden um mich kümmern kann?" „Aber sie wussten doch nicht, was bei diesem Zufallstreffen auf sie zukommt. Ob ich überhaupt der richtige Zuhörer sein würde. Ein solches „Blind date" ist doch ein ziemliches Risiko."

„Das war nicht so wichtig, wer da letztendlich kommen würde. Und wenn man erst mal vor einem Sterbenden sitzt, geht man nicht mehr so einfach weg. Das traue ich keinem Menschen zu. Schon gar nicht, wenn die Weihnachtszeit den 3. Advent passiert hat.
Das ist doch sehr nah am emotionalen Höhepunkt. Also war meine Überlegung doch gar nicht so schlecht. Sind sie eigentlich liiert?"

Die direkte Art des alten Herrn faszinierte Torsten. Irgendwie hatte er das Gefühl, den Alten schon eine Ewigkeit zu kennen. In der kurzen Zeit bildete sich eine unerklärliche Verbundenheit. Während Torsten antwortete, nahm er die Kerze vom Besuchertisch und zündete sie an.
    „Ja, ich habe eine Freundin. Julia und ich studieren gemeinsam an der UNI in Kiel. Wir sind seit fast vier Jahren zusammen."
    „Warum haben sie ihre Julia nicht mitgebracht? Eigentlich möchte ich, dass sie jetzt Robert zu mir sagen. Bleiben sie ...- bleibst du noch? Die Kerze wärmt ganz schön. Sieh mal, wie ruhig die Flamme steht. Fast vier Zentimeter hoch."
    „Soll ich den Docht etwas kürzen?", fragte Torsten.
„Nein, das ist nicht nötig. Ist doch schön, eine so große Flamme zu haben.
Es ist wie ein Lebenslicht, das noch seine volle Kraft besitzt. Könnte es sein, dass mit dem Erlöschen der Kerze auch mein Leben..."
    „Also da haben sie ..., hast du aber noch viel Zeit", sagte Torsten.
Er war sprachlos und musste über die Art der Kontaktaufnahme schmunzeln, die der alte Herr sich ausgedacht hatte.
Robert Gregoris erzählte ihm von Dingen, die ihm etwas komisch vorkamen, denn manches hatte er schon irgendwo gehört.

Früher mal, aber genau wusste er es nicht mehr.

So spielte Robert früher Badminton in einer Mannschaft und war für ein Jahr in Neuseeland. Vor seinem Studium war Torsten als Austauschschüler ebenfalls in Neuseeland, und Badminton spielt er auch – aber mehr zum Spaß.

„Die Parallelen sind schon putzig. Zufälle gibt es", sagte Torsten ganz gerührt, und weiter: „Ich kann gar nicht glauben, dass du niemanden mehr hast, der dir nahe steht. Nicht mal Freunde?"

„Nein – nicht mehr. Ich bin seit vier Jahren in diesem Heim. Mir geht's gut, es gibt hier genug Leute, mit denen man ..., nur reden geht halt nicht so gut. Früher war das anders, da hatte ich sogar mal eine Freundin."

„Was wurde daraus? Hattest du keine Lust zu heiraten und eine Familie zu gründen?"

„Das ging nicht. Sie war schon verheiratet. Und Stress mit ihrem Mann? Nein.
Ich war beruflich noch nicht gefestigt, musste noch viel lernen und auch erleben. Wir lernten uns leider zur falschen Zeit und am falschen Ort kennen."

„Hast du sie ..."

„Geliebt? Oh ja. Man könnte von großer Liebe sprechen. Sie wusste auch, dass die Liebe durch den Magen geht. Bei mir natürlich auch. Sie kochte phantastisch.

Ich konnte davon gar nicht genug bekommen."

„Das kenn' ich. Das kann ich nachempfinden. Nicht wegen meiner Freundin, die lernt noch eifrig, aber durch meine Mutter.
Die ist auch so eine Köchin vor dem Herrn. Ihre Weihnachtsgans ist eine Sensation..."

„Das kann ich mir vorstellen", sagte der alte Herr mitten hinein, bevor Torsten weiterreden konnte.

„Ständig wollen alle bei ihr zum Essen kommen. Ich lade dich mal ein, wenn du wieder gesund bist."

Robert machte eine Pause, sagte nichts, blickte nur starr aus dem Fenster. Es schien ihn doch alles mehr anzustrengen, als er zugeben wollte. Robert atmete schwer. Torsten saß etwas verloren auf dem Stuhl und schaute Robert an. Der hatte ganz feuchte Augen bekommen.
Torsten bekam Angst, denn er konnte mit der Situation nicht umgehen. Er überlegte, ob er nach einem Pfleger klingeln sollte.
  „Sieh mich nicht so an", sagte er zu Torsten. Die plötzliche Schroffheit von Robert erschreckte ihn.
  „Wie sehe ich denn? Was ist daran so besonders?"
  „Nichts. Ist schon gut. War nicht so gemeint. Ich war mit meinen Gedanken nur etwas weit entrückt und in einer anderen Geschichte."

  „Soll ich dir einen Apfel schälen? Da liegen doch genug in der Schale", fragte Torsten in die aufkommende Stille.
  „Wenn du willst."
  „Hast du hier ein Messer und ein Küchentuch?"
Robert kramte aus der Schublade seines Nachttisches ein Taschenmesser aus Militärzeiten und reichte es Torsten.
  „Das ist ja ein Bordmesser", erkannte Torsten sofort.
  „Bist du auch Linkshänder?", wollte Robert wissen.
  „Wieso auch? Bist du auch Linkstatscher?"
  „Bist du's, Torsten?"
  „Ja, warum?"
  „Ich nicht, aber ich kannte mal jemanden. Wenn der einen Apfel oder eine Orange schälte, hätte man am liebsten helfen mögen. Das sieht so linkisch aus."

Robert holte tief Luft und seufzte.

Er genoss es, die geschälten Apfelstücke von Torsten zu essen.

„Robert, hast du gut gespielt? Ich meine Badminton."

„Ja, schon. Ich spielte sogar in der Regionalliga. Mit den jungen Leuten von heute nicht vergleichbar, aber damals war das schon was.
Ich bekam sogar 50,- DM für einen Turniersieg."

„Super. Ich habe nur zum Spaß gespielt. Ich bin mit meinen Eltern mehr auf der Skipiste gewesen.
Ich kann mich erinnern, dass wir einmal schon vor Weihnachten in den Bergen waren, ich glaube in Flims, da hatte meine Mutter bei einem Nikolausrennen teilgenommen. Ziemlich lustig, so mit Bart und Mantel."

Robert musste sich ein Taschentuch nehmen, denn es liefen ihm ein paar Tränen aus den Augen.

„Habe ich etwas Falsches gesagt?"

„Nein, ganz und gar nicht. Es ist nur..., es zieht etwas", sagte Robert.

Torsten blickte sich im Zimmer um, konnte aber weder eine geöffnete Tür, noch ein geöffnetes Fenster entdecken.

„Vielleicht sind es auch die intimen Gespräche, die so informativ sind. Ich hätte nie geglaubt, dass mein Zufallsgenerator - mein Finger - an der richtigen Stelle im Telefonbuch halt macht.
Es macht mich einfach nur glücklich, dass wir uns so prima unterhalten können. Es kommt mir vor wie der Ersatz für Familie und Freunde, die mir fehlen. Aber fühle dich nicht als Lückenbüßer."

„Nein", sagte Torsten zwar verlegen, aber mit voller Überzeugungskraft.

„Ich hatte zur gleichen Zeit ein Hallenturnier, mit Bart und Nikolausmütze", sagte Robert.

„Wie – zur gleichen Zeit?"

„Na, zu Weihnachten eben. Deine Mutter lief Ski und ich spielte halt Badminton.“

„Ach so.“

„Ski gelaufen bin ich übrigens auch einige Male. Eine Freundin hatte es mir beigebracht. Abends an der Bar, das war mir lieber – mit ihr“, strahlte Robert, als er das sagte.

„Meine Julia läuft sehr gut. Da komme ich kaum mit“, sagte Torsten.

Torsten und Robert hatten ohne große Probleme gemeinsamen Gesprächsstoff entdeckt.

Teilweise konnte man sich sogar in Englisch unterhalten.

Und die Erinnerungen von beiden, was Neuseeland betraf, vermischten sich fast zu gemeinsamen Erlebnissen. Und Robert blühte immer dann so richtig auf, wenn er über seine Frauengeschichten und seine große Liebe redete.

Torsten hatte nicht den kleinsten Gedanken daran verschwendet, den alten Herrn zu verlassen. Außerdem machte der Besuch den alten Herrn glücklich, was er auch ganz offen zugab.

Er hörte von Robert so viele Dinge, dass die Gespräche überhaupt nicht enden konnten, denn es gab eine derartige Fülle von zufälligen Gemeinsamkeiten, dass es inzwischen für beide Seiten ein außerordentliches Erlebnis wurde.

Robert erzählte amüsiert: „Als ich mal bei Leuten eingeladen war und es die knackigsten Brötchen gab, die ich je gegessen hatte, räumte ich immer die Krümel um meinen Teller weg, denn ich mag es nicht, wenn es krümelt und dann alles auf dem Tisch herumliegt. Da sind die ganz unruhig geworden, denn ich sollte doch der Hausfrau die Arbeit nicht wegnehmen.“

„Und ich kann es nicht leiden, wenn die Soße von Spaghetti in der Gegend herumspritzt und keiner darauf achtet. Hähnchen esse ich auch nicht außer Haus, weil ich da alles in die Hand nehmen muss. Es pappt und das Fett rinnt an den Händen entlang“, erklärte Torsten und es schüttelte ihn, wenn er nur daran dachte.

Die Gemeinsamkeiten nahmen kein Ende und es wurde in einem Sterbezimmer noch nie zuvor so viel gelacht.
Die Pfleger vor der Tür blieben ein ums andere Mal stehen und lauschten. So aufgekratzt hatten sie Gregoris seit Wochen nicht mehr erlebt.
Sie glaubten ihren Ohren nicht zu trauen und bezweifelten schon seinen ernsten Gesundheitszustand. Torsten fiel gar nicht auf, dass er auch von sich selbst so viel erzählte, was doch den Alten eigentlich gar nicht interessieren konnte oder sollte.
Noch nie zuvor in seinem Leben hatte er ein ähnliches Erlebnis, wie das am Bett eines Fremden. Man hatte zusammen gegessen und Kaffee getrunken und erzählt, dass sich das Krankenzimmer drehte.

Nach fünf Stunden, als die Spritze ihre Wirkung verlor, machte der alte Herr die Bemerkung, dass es für heute gut sei. Außerdem würde in Kürze der Arzt nach ihm sehen wollen. Und da wäre es besser, wenn man jetzt den Besuch beenden würde.

„Weißt du Torsten, das mit den Spritzen ist schon eine eigenartige Sache. Sie nehmen dir die Schmerzen, machen aber deiner Phantasie Beine. Es entsteht ein Wohlgefühl und der Eindruck, man wäre kerngesund, auf der anderen Seite sorgen die Spritzen dafür, dass du wie in Trance etwas siehst, was eigentlich gar nicht da ist.

Wenn ich so da liege, sitzt auf dem kleinen Tisch da drüben ein Engel, sieht mich an und unterhält sich mit mir.

Und er verspricht mir, dass er mich mitnehmen würde, wenn er keine Lust mehr hat, auf der Tischkante zu sitzen.
Ich weiß ja, dass es keine Engel gibt, aber irgendwie macht der kleine Kerl mir Mut, macht er mich zufrieden. Ich wollte ihm schon mal die Hand reichen und mich bedanken, aber er sagte, dass er mich an die Hand nehmen würde, wenn er mich mitnähme. Dann hätte ich immer noch Zeit, mich zu bedanken."

Torsten wollte noch etwas antworten, aber Robert schloss die Augen und sagte nur leise „Danke".
Was Torsten nie für möglich gehalten hatte war, dass er an diesem Tag einen Fremden umarmen würde, der dem Tode sehr nahe stand.
Er nahm seine Jacke und zog sie an, als Robert ihn doch noch einmal ansprach.
„Torsten, ich habe noch eine Bitte."
„Ist schon erfüllt. Was ist es denn? Soll ich dich wieder besuchen kommen?"
„Bitte nimm diesen Umschlag und öffne ihn, wenn ich..., du weißt schon. Es ist mein Testament."
„Das kann ich nicht annehmen. Das geht nicht."
„Doch, das geht. Du wirst es schon einsehen. Lösche bitte die Kerze, wenn du den Raum verlässt, sie nimmt mehr Sauerstoff weg, als mir lieb ist."

Mit gemischten Gefühlen nahm Torsten den Umschlag entgegen. Irgendwie hatte er Angst, sich von Robert zu verabschieden. Eine Erklärung hatte er dafür nicht. Als er an der Anmeldung vorbei ging, grinsten die Damen ihn an.

Er hörte nur noch etwas undeutlich die Bemerkung: „Ein hübscher Enkel, den Gregoris da hat."

Auf dem Heimweg überlegte er hin und her, wie es zu dieser Begegnung kommen konnte, und ihm ein unbekannter Mann ein Testament überreicht, dass er auch noch öffnen sollte, wenn...
Weiter überlegte er aber nicht, denn er war fest entschlossen, gemeinsam mit Julia nochmals den alten Herrn zu besuchen. Vielleicht schon nächsten Sonntag, am vierten Advent, denn Robert war so enttäuscht, dass er alleine kam. Und dann würden einige Fragen zu beantworten sein.
Julia wartete schon ganz ungeduldig auf ihren Torsten, denn er war ungewöhnlich lange weg. Sie machte sich Sorgen.

„Sag' mal, was war denn das jetzt? Konntest du dich nicht von dem Herrn losreißen? War es doch ein Verwandter? Sieben Stunden warst du bei dem alten Herrn – hoffe ich doch!"
„Julia, werde nicht albern. Natürlich war ich die ganze Zeit bei Robert. Wo denn sonst?"
„Ich meine ja nur. Ihr scheint euch wohl zu duzen? Was kann man mit einem Fremden und kranken Mann bloß so lange quatschen? Aber wenn man Brüderschaft trinkt ..."
„Kann ich nicht sagen, er war mir eigentlich nicht fremd.
Getrunken haben wir auch nicht", sagte Torsten sehr nachdenklich. Er warf den Umschlag von Robert auf den Tisch, und ging sich eine Flasche Bier aus dem Kühlschrank holen.
„Was ist das für ein Umschlag?"
Julia nahm ihn vom Tisch und staunte nicht schlecht.

„Da steht ja Testament drauf. Und du willst mir erzählen, dass du nicht mit ihm verwandt bist? Mit diesem ..., mit Robert."

„Ich habe auch keine Erklärung, aber es ist so wie es ist."

„Das geht doch gar nicht. Er muss doch den Begünstigten schon eingetragen haben, bevor ihr euch getroffen habt. Oder hatte er das in deinem Beisein gemacht? Er kannte dich doch noch gar nicht. Sehr komisch, das alles."

Da hatte Julia Recht. Es war alles sehr komisch. Eigentlich hätte Torsten das auch auffallen müssen. Die gesamte Woche saß Torsten öfter vor diesem Umschlag und überlegte. Aufmachen konnte er ihn ja nicht, denn das war erst erlaubt, wenn der alte Herr verstorben ist. Stand auch extra drauf. Allerdings – wer sollte das kontrollieren? Aber wenn der alte Herr den Umschlag wiederhaben wollte, und er ist geöffnet?
Die nächsten Tage hatten beide mit Freunden eingeplant, um zu wandern und die Seele baumeln zu lassen. Die Holsteinische Schweiz eignete sich da ganz besonders.
Es war eine grausame Woche, die gar nicht vorbeigehen wollte. Und die Neugier von Torsten machte ihm schon Bauchschmerzen.
Als sie nach der Wanderwoche nach Hause zurückkehrten, war ein Anruf auf dem Anrufbeantworter, der zumindest Torsten nachdenklich stimmte. Da meldete sich das Seniorenheim „Erna Lubbe" und bat darum, zurückgerufen zu werden.
Das war aber zu spät am Abend und am nächsten Morgen war der vierte Advent, an dem der Besuch bei Robert anstand.

Am Morgen machten sich beide auf den Weg zum „Erna Lubbe" Seniorenheim am Sönke-Niessen-Koog. Eine Klärung der Angelegenheit war unbedingt notwendig.

Den Umschlag nahmen sie mit. Und Julia hatte sogar eine kleine Weihnachtsüberraschung für den alten Mann dabei, aber nur, weil Torsten darauf bestand.

Die Damen an der Anmeldung machten ganz betretene Gesichter, als Torsten mit Julia vor ihnen stand. Die vier Kerzen auf dem Adventskranz funkelten in den Augen der Mädchen und die ganze Situation hatte irgendetwas Feierliches.

„Ich bin es wieder. Können wir zu Zimmer elf gehen und Robert Gregoris besuchen?"

„Herr Gregoris ist heute Morgen gegen 7:30 Uhr verstorben. Wir möchten ihnen unser Beileid ausdrücken. In welchem Verwandtschaftsverhältnis standen sie denn zu dem Verstorbenen?"

Ohne große Vorbereitung und etwas Einfühlung, hatte man ihm eine Tatsache vor den Kopf geworfen, mit der er gar nichts anfangen konnte.

Torsten schaute er auf den Umschlag, legte ihn auf die Empfangstheke und entdeckte am unteren Rand eine Notiz, die ihm vorher gar nicht aufgefallen war. Sie war mit Bleistift geschrieben und kaum lesbar: AB-Rhesus negativ. Torsten bekam ganz heiße Ohren. Es war seine eigene Blutgruppe.

Torsten stand da und wusste nicht, wie er sich verhalten sollte. Es war das gleiche Gefühl, wie an dem Morgen, als er aufwachte, nicht aus dem Bett wollte und Julia den Anruf des Seniorenheims entgegen nahm.

Man weiß nicht recht, was eigentlich los ist. Man steht sich selbst im Weg, ist sich zu viel, ist sich zu wenig. Man ist eigentlich gar nicht da.

Torsten schaute auf den Umschlag und es liefen Tränen über sein Gesicht. Julia verstand überhaupt nichts mehr.

„Torsten, verschweigst du mir etwas? Was ist denn los? Hast du den alten Herrn doch gekannt? War das der berühmte Onkel aus Übersee? Wie kann ich dich denn verstehen, wenn ich nicht weiß, was dich jetzt quält?"

Es dauerte fast eine kleine Ewigkeit, in der Julia starr und bewegungslos auf ihren Torsten blickte, bis der wieder etwas sagte.

„Ich glaube, dass ich tatsächlich mit ihm verwandt war", sagte Torsten wie abwesend.

„Ich hab's doch gewusst, dass du mir etwas verschweigst", erwiderte Julia fast ärgerlich.

„Ich vermute, dass er mein Vater war", sagte Torsten. Julia stand da, wie vom Donner gerührt. Auch alle Umstehenden, ohne Ausnahme, standen mit geöffnetem Mund da und sagten gar nichts mehr.

„Ein Indiz dafür hatte ich schon seit einer Woche auf dem Rand des Testaments, und ich habe es nicht bemerkt. Das mit dem Zufall und dem Telefonbuch war von dem alten Herrn wohl geschwindelt.

Gregoris hatte die ungeheure Wahrheit für sich behalten, sonst hätten die Gespräche mit ihm so nicht stattgefunden.

Hätte er die Sache gleich geklärt, dass er mein leiblicher Vater ist, wäre es alles anders verlaufen. So inszenierte er ein unbelastetes Vater-Sohn-Gespräch.

Die Zeit unseres Lebens, die wir getrennt voneinander verbrachten, hatten wir vor einer Woche in fünf unvergesslichen Stunden durchlebt. Ohne Stress und unnötige Fragen, die zu dem Zeitpunkt alle falsch gewesen wären."

„Wieso glaubst du, dass Robert Gregoris dein Vater gewesen sein könnte?"

„Ich fühle es einfach. Aber nach Öffnen des Testaments werden wir es genau wissen. Denn jetzt darf ich es öffnen."

Torsten blickte Julia an und sagte: „Meine Mutter erzählte mir mal, als wir beide zusammenzogen, dass wir noch zu jung wären, als Eheleute zusammen zu leben und ich damit rechnen müsste, dass wir beide jeder noch einen anderen Partner finden könnten. Sie selbst hatte einmal vor langer Zeit, sogar während ihrer Ehe, eine solche Begegnung.

Aber nachdem der Mann ins Ausland ging, hörte man nichts mehr voneinander."

„Und dein Vater..., ich meine der Mann deiner Mutter, wusste er davon?"

„Ich weiß es nicht. Vielleicht. Und wenn, entwickelte sich daraus anscheinend nie ein Problem."

Die Leiterin des Seniorenheims saß in einer Ecke der Rezeption und las derweil einen Brief, den sie inzwischen geöffnet hatte. Als sie den Brief gelesen hatte, kam sie schweigend auf Torsten und Julia zu und zeigte ihnen den Brief.

„Der wurde mir von Herrn Gregoris übergeben, für den Fall, dass er sterben würde."

Torsten nahm den Brief etwas zittrig entgegen, las ihn laut vor. Es waren nur wenige Sätze.

Bitte übergeben Sie alle meine persönlichen Dinge an Torsten Kressbach. Er wird sich um alles Weitere kümmern. Er ist mein Sohn. Der Haarbüschel von mir, in dem kleinen Plastiktütchen, wird zur notwendigen DNA ausreichen.
Das Original meines Testaments und eine weitere Haarprobe liegen bei einem Anwalt.

Die Adresse und alles Weitere gehen aus meinem Testament hervor, das mein Sohn bereits in Kopie von mir erhielt.

Torsten und Julia schauten betreten vor sich hin, und die Damen an der Anmeldung begannen den Teil der Arbeit, die sich ergibt, wenn einer am Ende eines Weges angelangt ist. Sie sagten zu Torsten: „Wir möchten gern mit ihnen die persönlichen Dinge von Herrn Gregoris regeln. Würden sie mit in unser Büro kommen?"

Julia nahm Torsten in den Arm. Die unausweichliche bürokratische Ordnung verlangte nach Aufmerksamkeit. Torsten übergab das gesamte Eigentum seines Vaters dem Seniorenheim, soweit sie es verwenden konnten.
Im Zimmer seines Vaters packte er nur ein paar persönliche Sachen zusammen. Es passte alles in einen großen Wäschekorb.
In einem Stapel von Papieren fand Torsten ein Bild von sich, das ihn im Alter von vielleicht drei oder vier Jahren zeigte – an der Hand seiner Mutter. Auf der Rückseite standen sein Geburtsdatum, und das seiner Mutter. Es bedurfte keinerlei weiterer Beweise mehr für die Vaterschaft des Robert Gregoris.
Dazwischen fand er sogar noch den Impfpass seines Vaters aus Militärzeiten. Die Blutgruppe war AB-Rhesus-negativ.

„Ich wünschte, du hättest ihn noch kennen gelernt", sagte Torsten zu Julia.
„Aber das werden wir nachholen, denn ich werde alles zusammentragen, was es über ihn gibt. Ich denke, dass mir auch meine Mutter etwas zu erzählen hat. Ich glaube, wir werden ein ganz aufregendes Weihnachtsfest haben."

Ein bunt bemaltes Blatt lag dem Original-Testament bei, das sie bei der Öffnung beim Notar erhielten. Ein Bild, auf dem ein verschlungener langer Weg gezeichnet war, dessen Ende mitten hinein ins Herz führte. Dazu der Spruch am Beginn des Weges:

Des Menschen Herz erdenkt sich seinen Weg,
aber der Herr allein lenkt seinen Schritt.

Salomo 16,9

Meine kleine Schwester

Eines Tages fand ich beim Aufräumen einer Schublade ein Foto, das mir erst recht wenig sagte. Ein Mann geht durch eine Tür, über der in großen Lettern steht:
Chirurgische Abteilung.

Halb verdeckt von einem riesigen Adventskranz, der von der Decke hing. Der Mann, der auf dem Bild von hinten zu sehen ist, und durch die Tür geht, bin allerdings ich. Und das sagte mir eine ganze Menge. Viele Tests und Untersuchungen waren nötig, bis es zu diesem Foto kommen konnte – eine kleine Ewigkeit.

Dass der operative Eingriff gerade in der vorweihnachtlichen Zeit lag, war reiner Zufall. Es musste alles zusammenpassen. Und das war eben mal gerade vor Weihnachten der Fall.

***

Ein furchtbares Geräusch suchte sich unbarmherzig den Weg in mein Ohr. Ich lag schon eine ganze Weile da und vermied es, die Augen zu öffnen. Aber dieses Geräusch behandelte mich wie einen Feind.

Gemein und erbarmungslos. Ich öffnete neugierig ein Auge und sah eine Krankenschwester, die versuchte, ungelenk und ohne Gefühl für die Technik, die Tischplatte an meinem Beistelltisch in die waagerechte zu bringen und zu arretieren. Dieses Quietschen und Knacken ... – peng, das saß. Sie hatte es geschafft.

Nun schloss ich mein Auge wieder. Diese kranke Schwester, dachte ich.

Warum liege ich nicht in einem dieser Krankenhäuser, die in den Fernsehserien gezeigt werden.

Um einen herum nur hübsche ..., und ich muss hier mit dieser...

An einer festlich gedeckten Tafel heißt es: das Auge isst immer mit.

Muss es nicht in einem Krankenhaus auch heißen: das Auge heilt immer mit?

Morgen ist der erste Advent.

Dass ich zur vorweihnachtlichen Zeit einen solchen Aufenthalt gewählt habe, war sehr ungewöhnlich.

Aus verschiedenen Gründen aber nicht zu ändern.

Allerdings wäre ich zu einem solchen Vorhaben auch an meinem Geburtstag oder jedem beliebigen Tag bereit gewesen.

Chirurgie – 2.OG – Zimmer 218

Ich bin erst vor kurzer Zeit aus der Narkose erwacht und fühlte noch gar nichts. Schemenhaft habe ich den Tropf über mir sehen können und folgte dem Schlauch nach unten, der in meinem Handrücken mündete. Das Heftpflaster hielt die Position. Mein Zimmer war kahl, mit leeren Wänden. Langsam verbesserte sich meine Sehkraft und ich konnte erkennen, dass mein Umfeld zu meiner momentanen Empfindung passte. Einfach scheußlich!

Ein viereckiger Tisch mit seinen chromblitzenden Beinen, die den Durchmesser einer 1-Euro Münze hatten, wackelte schon beim Ansehen.

Ein ebensolcher Stuhl, die Sitzfläche mit braunem Plastik bezogen, stand aufdringlich daneben. Dieses Ensemble war die einzige Auflockerung an der langen weißen Wand. Ein Stillleben von besonderer Einfallslosigkeit. Mir wurde deutlich, dass ich mich hier nur auf meine Krankheit zu konzentrieren habe.

Der einzige Schmuck war eine Vase auf dem Tisch, den guten Geschmack beleidigend. Es war eine ausgediente Saftflasche, ohne Wasser, ohne Blumen.

Sie starben wohl mit dem letzten Patienten.

Vielleicht bekommt das Zimmer wenigstens noch ein bisschen Weihnachtsschmuck. Eine Kerze mit einer großen roten Schleife und ein paar Tannenzweige dazu. So wie Zuhause üblich. Und Farbe hätte so gut getan. Gerade, wenn man erwacht und so verlassen und alleine daliegt.

Das Stahlrahmenbett ließ mich frösteln, obwohl der Raum ziemlich überheizt schien.

Ein Bild an der Wand hätte schon etwas bewirkt, das Auge milde gestimmt und eine allgemeine Aufwertung des Raumes erreicht. Weiß die Decke, dazu die Kälte des aus weißen quadratischen Kästen strahlenden Lichts. Neonlicht-Deckeneinbauleuchten.

Ich fühlte mich krank, obwohl ich es trotz der Operation gar nicht war. Freiwillig verpflichtet, heißt es wohl, hatte ich mich der ganzen Prozedur unterzogen.

Ziemlich in Gedanken versunken, ob der unfreundlichen Atmosphäre um mich herum, ging die Zimmertür plötzlich auf und ein Schwall von weißen Kitteln ergoss sich bis vor mein Fußende am Bett. Es war wie ein Überfall.

„Guten Tag, Herr Gierse – wie geht es uns?"

Auf meine erstaunte Frage: „Wieso uns?", hat eine der Schwestern gekichert und baute ihre Akte vor ihrer Brust auf, um Notizen zu machen. So ungefähr muss es wohl sein, wenn eine Frau bei der Mammographie am Gerät steht. Diese Schwester bedeckte mit ihrer Brust fast das ganze Notizbrett. Mit Sicherheit stand ihr nur das oberste Drittel des Blattes für ihre Notizen zur Verfügung.

„Natürlich ihnen, Herr Gierse. Wie ich sehe, geht es ihnen ganz prächtig. Ich bin übrigens ihr Stationsarzt. Dr. Helfer."

„Nomen est omen" konnte ich gerade noch sagen, da riss er mir förmlich den rechten Arm nach oben und drückte meinen Puls,
als wollte er den Blutstrom stoppen.

„Es war ein recht unkomplizierter Eingriff und wir sind mit den ersten Stunden nach der Operation sehr zufrieden. Wie fühlen sie sich? Wir denken, dass sie uns nicht lange erhalten bleiben."
Dabei blickte Dr. Helfer auf die Flasche über mir und ließ endlich wieder meinen Arm los. Eine Antwort hat der gute Doktor von mir gar nicht abgewartet.
Natürlich war das auch in meinem Interesse, nicht lange erhalten zu bleiben. Ich hatte schon längst beschlossen, dass mich an diesem Ort nichts hält. Nur so lange wie notwendig, das war völlig klar.
Eine Antwort konnte ich dem Dr. Helfer nicht mehr geben, denn er hatte mit seinem Tross von Leuten über Dinge geredet, die ich nicht verstand.
Aber dafür seine Begleiter, sie nickten zustimmend.
Mit wichtigen Blicken, in Gedanken bereits beim Herzinfarkt im Zimmer neben mir, verließen sie den Raum. Die Schwester mit der Akte vor der Brust, schubste beim allgemeinen Aufbruch einem Assistenten das Brett in den Rücken und kicherte dabei.

„Könnte man mir vielleicht etwas Weihnachtliches, da an der langen Wand, auf den Tisch stellen?", rief ich der Meute hinterher.

„Aber natürlich, wir werden veranlassen, dass ihr Wunsch erfüllt wird", meinte Dr. Helfer und wies die Schwester mit dem Brett unter der Brust an den Wunsch zu notieren.
Christus am Kreuz über der Tür sah nicht so aus, als ob er das mitbekommen hätte. An der Tür drehte sich Dr. Helfer noch mal um und rief mir zu: „Übrigens hat ihre Schwester den Eingriff ebenfalls gut überstanden.

Wir sind sehr zuversichtlich. Bis Morgen dann, Herr Gierse."

Es war die einzige Nachricht, die mich interessierte. Nun lag ich wieder alleine in meinem Bett, noch nicht fähig, mich großartig zu bewegen.
Langsam merkte ich, wie der Schmerz der Operationsnarbe von mir Besitz ergriff. Dazu die quälende Frage, ob der Eingriff, das freiwillige Risiko, ohne Folgen bleiben würde. Ich überprüfte einige Funktionen. Wackeln mit den Fußzehen, anspannen und lockern der Bein- und Gesäßmuskeln, sogar das Grimassen schneiden war eine der Prüfungen, denen ich mich unterzog.
Alles funktionierte ganz normal. Schön, das zu wissen. Mir kamen Gespräche in den Sinn, die die Ärzte, aber auch Freunde und Verwandte, vor dem Eingriff mit mir führten. Allerdings waren die Personengruppen in ihren Ansichten völlig gegensätzlich. Positiv wie negativ.
Letztendlich musste ich aber ganz alleine meine Entscheidung treffen und erklärte mich damit einverstanden, mir eine Niere entnehmen zu lassen. Eine Niere, die meiner kleinen Schwester das Leben retten sollte. Eine Entscheidung aus Liebe. Es war ein großes Glück, dass alle Werte zueinander passten.

Draußen prasselte der Regen gegen mein Zimmerfenster und spiegelte meine Verfassung wider. Wie die großen Regentropfen am Fenster, liefen mir die Tränen über das Gesicht. Freude und Zufriedenheit waren der Grund bei mir. Dass der Himmel weinte, wohl ein anderer.
Aber vielleicht war auch etwas Freude im Spiel, bei dem Herrn da oben, sehr weit über mir, dass alles so gut geklappt hatte.

Gern hätte ich jetzt meine kleine Schwester angesehen, um ihr zu sagen, wie glücklich ich im Augenblick bin. Ich betete, dass für sie alles gut werden würde. Auch wenn wir uns nicht immer so gut verstanden haben, war sie mir jetzt näher als jemals zuvor.

Meine Lage, wenn auch wenig gefährlich, brachte es mit sich, dass ich anfing, über mich nachzudenken. Über meine kleinere Schwester und das Leben im Allgemeinen.

Ich empfand es als riesiges Glück, und auch als ein kleines Wunder, überhaupt hier im Krankenbett zu liegen. Aber es war mehr das Glück für meine Schwester und das Wunder für mich – oder war es umgekehrt?

Ich blickte wieder gegen die weiße Wand gegenüber vom Bett und sie verwandelte sich in eine Leinwand, auf der ein Film zu laufen anfing. Meine Gedanken gingen weit in die Vergangenheit und ich begann, alles neu zu erleben. Dinge, die schon so lange nicht mehr aus dem Gedächtnis abgerufen wurden. Fast vergessen waren sie. Und nun kamen sie zurück, wie wenn sie gerade erst passiert wären.

Es war der Winter 1955. Sehr lange, sehr kalt. Die Bäche und Teiche waren so dick zugefroren, dass wir als Kinder jeden Tag nach der Schule zum Eisrutschen auf den Kirchweiher zogen.

...... drei oder gar vier Stunden, bis es dunkel wurde, waren wir draußen und vergaßen die Zeit.
Gleich hinter unserem Haus, in dem wir wohnten, begannen die Wiesen, floss der kleine Bach und befand sich der Weiher. Ein Eldorado für uns, ohne Verkehr und andere Gefahren.

An einem Freitag kam ich von der Schule und meine Mutter eröffnete mir, dass ich an diesem Nachmittag nicht an den Weiher könnte, es sei denn, ich würde meine kleine Schwester mitnehmen und auf sie aufpassen. Das löste bei mir natürlich wenig Freude aus.

Meinen Freunden auf dem Weiher, mit meiner damals vierjährigen Schwester an der Hand, könnte ich beim Eisrutschen nur zusehen.

Schrecklich, ausgerechnet an diesem Tag. Der Tag wäre immer der falsche gewesen, wenn man eine ungeliebte Aufgabe zu erfüllen hat.

In jedem Falle schrecklich. Aber ich konnte mich drehen und wenden wie ich wollte, es war nichts zu machen.

Da meine Mutter schwanger war, musste sie zum Arzt, und ich fügte mich, wohl oder übel, in mein Schicksal.

Aber es kam ganz anders, als ich erst gedacht hatte. Im Nachbarhaus wohnten zwei Mädchen, die oft mit meiner kleinen Schwester spielten. Heidi war schon elf Jahre alt und ihre Schwester acht Jahre.

Sie erklärten sich bereit, meine kleine Schwester mitzunehmen und mit ihr in den Wiesen, nahe beim Weiher, einen Schneemann zu bauen.

Was lag da näher, als das Angebot dankend und freudig anzunehmen. Meine kleine Schwester war versorgt und ich war frei für Abenteuer. Eine wunderbare Fügung des Schicksals.

Das Gejohle auf der Eisfläche und der Spaß, den es uns brachte, ließ mich vergessen, dass in einiger Entfernung meine kleine Schwester mit einem Schneemann beschäftigt war.

Rennen, schlittern, fallen, aufstehen, alles wiederholte sich ständig. Es war das reinste Vergnügen.

Aber irgendetwas machte mich plötzlich unruhig und ich schaute nach meiner kleinen Schwester. Niemand war zu sehen.

Verstärkt wurde meine innere Unruhe noch durch den starken Nebel, der sich mit dem weißen Schnee zu einer Einheit verband. Oben war unten und unten war oben.

Wie Milchglas, ohne Chance, irgendwas zu erkennen. Panik ergriff mich und ich rutschte und fiel mehr, als ich zu laufen imstande war. Auch ein Schneemann war keiner zu sehen. Ich lief wie in Trance durch den tiefen Schnee und gelangte nach wenigen Minuten an den Bach, den wir über eine Brücke immer überqueren mussten, um an den Weiher zu kommen.

Dann sah ich Heidi, die Tochter der Nachbarn, und ihre Schwester auf der Brücke am Geländer stehen.

Als ich bei ihnen war, hörte ich sie laut nach meiner Schwester rufen. Sie blickten dabei nach unten zum Bach. Angst befiel mich und ich begann augenblicklich zu schwitzen, dass mir die Schweißtropfen auf der Stirn standen. Dabei war es windig und mindestens ..., also es war ziemlich frostig.

Da erblickte ich meine kleine Schwester, die an der Bachböschung Eisbrocken aufnahm, um sie auf den zugefrorenen Bach zu werfen. An einigen Stellen war schwach unter Eis und Schnee zu erkennen, wie er reißend dahingurgelte.

In Bereichen, wo das Wasser glasklar gefroren war, hangelten sich große und kleine Blasen an der Unterseite der Eisschicht entlang und verschwanden so schnell, wie sie auftauchten. Die starke Strömung vereitelte für sie jede Chance des Verweilens.

Alles das hatte ich gleichzeitig vor Augen. Die Gewalt und die Schönheit der Natur auf der einen, meine kleine Schwester in ihrer Not auf der anderen Seite.

Plötzlich verlor sie den Halt, rutschte ab, die Böschung hinunter und glitt auf die an dieser Stelle ziemlich dünne Eisschicht. Ich rannte am Rand des Baches ein paar Meter nach vorn.

Meine kleine Schwester brach ganz langsam ein und verschwand plötzlich im reißenden Bach unter dem Eis. Der Bach war nicht besonders tief, das wusste ich vom Sommer her, wenn wir dort kleine Wehre bauten. Außerdem hatte er auf dieser Strecke nur eine geringe Breite, vielleicht etwas mehr als einen Meter.

Ich rannte noch einige Meter und sprang mit beiden Beinen breitbeinig, in Bachmitte, durch das Eis.

Die dünne Eisschicht erzitterte und brach unter dem Gewicht meines Körpers und dem Schwung, den ich bei dem Sprung erzeugte, mit einem Knirschen und Grummeln entzwei.

Ich brachte gleichzeitig beide Arme zwischen meinen Beinen ins Wasser. In diesem Moment spülte der Bach mir meine kleine Schwester vor die Arme.

Ich konnte sie am Fellmäntelchen greifen und zog sie rasch nach oben aus dem Wasser.

Als ich sie fest in meinen Händen hielt, legte sich ganz plötzlich meine ganze Anspannung und entlud sich in einem laut schallenden Lachen. Heidi und ihrer Schwester, die beide stumm auf der Brücke standen, erging es ebenso, als sie meine Erlösung spürten.

Sie lachten was das Zeug hielt. Als ich meine kleine Schwester an der Böschung abgestellt hatte, stieg ich selbst aus dem gurgelnden, reißenden Bach.

Kälte hatte ich dabei nicht empfunden, obwohl die Hosenbeine schon angefroren waren. Meine kleine Schwester stand da, ohne zu weinen und das Mäntelchen aus Kaninchenfell gefror ebenfalls.

Gott lob, sie atmete und blickte mich stumm an.

Eigentlich wollte ich sie in den Arm nehmen, aber da wären wir beide aneinander gefroren.

Sie stand wohl unter Schock und hatte bis jetzt noch gar nicht die Situation erfasst.

Das Wasser auf ihrer nassen Mütze gefror und auf dem Gesicht liefen ihr kleine Rinnsale bis in den Mantelkragen.

Sie stand nur so da und fing etwas an zu zittern. Auch Heidi stand da und zitterte, und sie hatte Tränen in den Augen. Ich denke, dass es Freudentränen waren.

Ich nahm meine kleine Schwester unter den Arm und rannte mit ihr nach Hause.

Es fühlte sich an, als ob ich einen Kasten im Arm hätte, so steif war ihr Fellmäntelchen inzwischen.

Und nun waren wir doch noch aneinander gefroren. Die beiden Mädchen aus dem Nachbarhaus hatten Mühe mir zu folgen, und weinten dauernd.

Dass sie ständig, als sie neben mir herliefen, Entschuldigung sagten und dass sie das alles nicht wollten, überhörte ich in dem Moment einfach. Ich wurde immer schneller und ließ Heidi mit ihrer Schwester hinter mir.

Die gefrorenen Eiskristalle an meinen Hosenbeinen splitterten und fielen nach und nach ab.

Meine Mutter war bereits Zuhause. Sie hatte die Situation sofort erfasst, nachdem sie uns beide angesehen hatte.

Angestarrt wäre sicherlich treffender. Sie konnte vor Schock und Freude, uns wohlbehalten zu sehen, gar nichts sagen.

Nun, nach so langen Jahren, kommt in mir Furcht hoch. Die Furcht vor dem, was hätte sein können. Habe ich mich denn nach so langer Zeit noch immer nicht ganz von den Ereignissen befreien können?

Meine Erklärungen damals, wahrscheinlich ziemlich durcheinander geraten, hatte meine Mutter gar nicht wahrgenommen. Sie faltete in hastigen Bewegungen das Mäntelchen auf und riss die Kleider vom Körper meiner kleinen Schwester.

„Zieh dir sofort die Sachen aus!", sagte sie zu mir, was mich in Hektik alle meine Kleidungsstücke ablegen ließ. Wir wurden beide versorgt und lagen warm eingepackt im Bett.

Meine kleine Schwester schlief ein und trug durch das Ereignis, außer einem Schnupfen, nichts davon.

Nachdem ich meiner Mutter die Sache gebeichtet hatte, war ich mit einer Woche Hausarrest sehr gut bedient.

Schimpfen mochte sie mich wohl nicht, vor lauter Glück und der Tatsache, dass meine schnelle Reaktion das Leben meiner kleinen Schwester gerettet hatte. Sie hatte den Vorgang schnell wieder vergessen und wir haben sehr selten davon gesprochen. Auch für meine Eltern war die Angelegenheit, wegen des glücklichen Ausgangs, bald erledigt.

Aber seit dieser Zeit habe ich große Schwierigkeiten, überhaupt auf irgendeine Eisfläche zu gehen. Sogar eine Eislauffläche im Stadion hat für mich etwas Unheimliches. Ein paar meiner Klassenkameraden hatten damals nicht sofort verstanden, weshalb ich nicht mehr mit ihnen auf dem zugefrorenen Kirchweiher zum Schlittern gehen wollte.

Oft schon nach der Schule, denn für viele lag der Weiher auf dem Heimweg. Da flog die Schultasche in festgefrorenes Schilfrohr oder auf Grasnaben, die nicht vom Wasser überspült waren und wie kleine Inseln auf der Eisdecke lagen.

Dieser Film an der kahlen, weißen Wand brachte mich soweit, dass ich Schweißperlen auf der Stirn bekam.

Eine Krankenschwester latschte in mein Zimmer und brachte ein paar Pillen, die ich unter ihrer Aufsicht schlucken musste.

Sie tupfte mir die Stirn trocken und sagte: „ Wieso schwitzen sie denn so? So warm ist es hier drin doch gar nicht."

Das war's, und ich war wieder allein. Warum fragte sie mich etwas, ohne die Antwort abzuwarten?

Kühl, unnahbar und langweilig wie dieses Zimmer, war sie. Ich bekam Hunger und Durst, aber meinem Wunsch konnte nicht entsprochen werden.

Meine Gedanken waren wieder auf dem Vormarsch und die Erinnerung brachte mir einen weiteren Film aus der Vergangenheit auf die kahle weiße Wand, gegenüber dem Bett. Es kamen mir die Erinnerungen an einen Aufenthalt im Krankenhaus.

Dem einzigen, vor diesem jetzt. Ich war damals bei der Bundeswehr, und verbrachte drei Monate bei einem Lehrgang der Luftwaffenschule im Allgäu, in Kaufbeuren.

Man suchte damals ständig nach Gründen, so richtig einen drauf zu machen. Die Ideenküche der Kameraden war einfach genial. Diesmal war die Lehrgangshalbzeit willkommener Anlass.

Mit vier weiteren Kameraden verbrachte ich im Nachbarort einen feuchtfröhlichen Kegelnachmittag mit einigen Einheimischen. Bier floss reichlich und da ich nicht besonders viel vertrage, bin ich auch ziemlich rasch „abgestürzt".

Mein Zimmerkamerad hatte sein Auto mit uns beladen und es ging nach dem Gelage wieder zurück zur Kaserne. Ich saß auf dem Beifahrersitz, die drei anderen hinten.

In meiner Erinnerung ist mir nur geblieben, dass ich das Seitenfenster nach unten drehte, den rechten Arm und den Kopf heraus steckte, und die Luft des Fahrtwindes gegen mich wehen ließ. Mir war kotzübel, aber ich fühlte mich dabei etwas besser. Angeschnallt hatte ich mich auch nicht, dadurch hatte ich mehr Bewegungsfreiheit.

Alles was danach kam, wurde von Augenzeugen berichtet, da ich davon überhaupt nichts mitbekam.

Auf der Landstraße mussten wir an einem Betonwerk vorbei. Neben der Gegenfahrbahn war eine mehrere Meter tiefe Böschung und unterhalb lagerten fertige Betonröhren für den Kanalbau. Neben unserer Fahrspur war eine Böschung, die seicht bergan führte und mit Bauschutt angefüllt war.

Mit hoher Geschwindigkeit konnte der Wagen nicht in der leichten Rechtskurve gehalten werden und überfuhr zwei Straßenbegrenzungspfähle neben der Gegenfahrbahn, kam ins Schlingern, geriet wieder auf die rechte Fahrspur und nahm auch hier einen Begrenzungspfahl mit.

Bei diesen Schlingerbewegungen zog es mich durch das geöffnete Fenster und wirbelte mich bergan über den Bauschutt.

Der sich mehrfach überschlagende Wagen kam hinter mir her und drohte, mich unter sich zu begraben. Er holte mich aber nicht ein.

Etwa 15 Meter weiter kam ich zu liegen, unter mir die heile Frontscheibe des Wagens, wie eine Bahre. Unter mir Bauschutt aller Art und zerschlagenes Glas. Die Frontscheibe bewahrte mich vor ernsthaften Schnittverletzungen. Wie ein Surfboard hatte die Frontscheibe mich ein paar Meter getragen. Die anderen Kameraden lagen noch im völlig zertrümmerten Wagen.

41

Eine Augenzeugin sagte aus, dass mir, wenn ich angeschnallt gewesen wäre, der Wagen beim Überschlagen mit großer Wahrscheinlichkeit den Arm und den Kopf vom Rumpf getrennt hätte.
Die Augenzeugin war übrigens mit Schock ebenfalls ins Krankenhaus eingeliefert worden. Damals hatte mein Schutzengel alle verfügbaren Flügel über mir ausgebreitet.

Noch lange Jahre danach konnte ich als Beifahrer nicht in einem Auto sitzen. Ich vertraute nur mir selbst.
War es trotzdem mal nicht zu umgehen, stieg ich regelmäßig mit schweißnassen Händen aus dem Auto. Auch jetzt noch, nach so langer Zeit, spüre ich bei diesen Gedanken diese Feuchte in meinen Handflächen.

Mein gedanklicher Schritt in die Vergangenheit vertrieb die Langeweile in diesem Krankenzimmer, das mir von Stunde zu Stunde hässlicher vorkam. Sogar die schmucklosen Handtuchhalter am Waschbecken fingen an, mich zu stören.
Warum hat man bloß beim Einrichten des Krankenlagers so wenig Sinn für das Umfeld entwickelt?
Diese kleinen Details könnten doch mit Sicherheit den Heilungsprozess fördern. Ich verglich es mit einem lieblos servierten Essen. Auch da kann der Hunger, sei er noch so groß, plötzlich auf ein Minimum zurückgehen.
Die Bereitschaft des Patienten, bei der raschen Heilung mitzuwirken, wird ihm in einer solchen Umgebung genommen, beziehungsweise unmöglich gemacht.

Da ich nicht mit dem Problem einer zu überstehenden Krankheit zu kämpfen hatte, blieb mir genügend Zeit, über eine eventuelle Veränderung von patientenfreundlichen Zimmern nachzudenken. Durch die spartanische Möblierung der Zimmer, ist das mit der Akustik auch so eine verflixte Sache. Der Schall, bei Gesprächen mit Besuchern, ist ganz enorm. Ganz instinktiv unterhalten sich deshalb die Leute auch nur im Flüsterton. Und das vermittelt wieder den Eindruck von Traurigkeit.

Es tut weder den Patienten gut, noch den Leuten, die zu Besuch kommen, um vom Leiden abzulenken. Bei den Beteiligten breitet sich im Unterbewusstsein Hilflosigkeit aus, die eigentlich keiner erklären kann.

Vielleicht hatte ich auch deshalb gebeten, dass mich in den paar Tagen, die ich in der Klinik verbringen würde, keiner besuchen sollte.

Und es gab mir die Möglichkeit, ungestört die Gedanken fliegen zu lassen und die Vergangenheit, sowie Grenzbereiche durchzugehen. Ich hatte mir die Zeit genommen, über vieles nachzudenken.

Manche gehen dafür durch den Wald, andere setzen sich an eine Bachböschung und ganz hart gesottene sitzen an einer Bar mit dem starren Blick auf das Glas Bier vor sich.

Ich für meinen Teil liege in einem Bett im Krankenhaus, mit der Erkenntnis, dem Heilungsprozess und dem Wohlwollen der Ärzte ausgeliefert zu sein.

Die Zeit zum Nachdenken ist da fast befehlsmäßig gegeben, ohne die geringste Chance, sich für etwas anderes zu entscheiden. Die Qual der Wahl belastet den Menschen nicht so stark. Ein Vorteil?

Die Filme an der Wand, die meinen Erinnerungen entsprangen, waren ausgerechnet so dramatische Ereignisse und Beinahe-Katastrophen.

Ich sah nicht den Sinn darin. Noch nicht.

Konnten es nicht etwas lustigere Ereignisse sein?

Es widerlegt etwas die These, dass nur das Positive im Gedächtnis haften bleibt. Der richtige Anstoß, und es drängen sich auch unangenehme Dinge aus dem Gedächtnis in den Vordergrund.

„Herr Gierse, ihr Abendbrot. Wenn auch karg, jedoch nahrhaft und notwendig."

„Danke Schwester", war meine gelangweilte Antwort. Ich blickte aus dem Fenster und musste feststellen, dass es immer noch regnete. So ein Mistwetter.

Erfreulich, dass die Schwester nicht nur etwas zu essen brachte, sondern auch ein Gesteck mit einer großen roten Kerze. Der gewünschte Farbtupfer in meinem sterilen Zimmer.

In mir kam die Frage auf, warum ausgerechnet lange Jahre zurück liegende Ereignisse aus meinen Erinnerungen abgerufen wurden? Ich musste mir in dem Moment an die etwas schmerzende Operationswunde fassen, obwohl ein starker Verband eine direkte Berührung verhinderte. Jetzt glaube ich zu wissen, warum diese Ereignisse mich beschäftigten.

Das Schicksal hatte mich dafür ausersehen, dass ich meiner kleinen Schwester damals das Leben rettete, um es jetzt ein zweites Mal zu tun.

Damit dies überhaupt stattfinden konnte, habe ich auch auf wundersame Weise einen Unfall überlebt.

Vielleicht wäre sonst da bereits das Ende für mich gekommen. Ich glaube, ich durfte einfach nicht von der Bühne treten.

Beim Blick in den Regen dankte ich meinem Schutzengel, der irgendwo da draußen, trotz der so hässlich aussehenden Wetterlage, lächelnd über mich wacht.

Die seinerzeit so negativen Erlebnisse erschienen nun in einem so positiven Licht, dass ich es einfach akzeptierte und es dankbar entgegennahm, dass sie abgerufen wurden.

Das Essen hatte ich nicht angerührt und bin trotzdem zufrieden eingeschlafen, auf dem Weg zu rascher Genesung. Die Kerze auf dem Tisch, die flackernd ihr kleines Licht leuchten ließ, begleitete mich in den Schlaf.

Als ich erwachte, es war schon sechs Uhr, gewöhnlich wird man ja bereits um 5.00 Uhr geweckt, brannte meine Kerze noch immer oder schon wieder. Es war der 1. Advent.

Die Tür ging auf und ein Pfleger stellte mir eine Vase mit einem Blumenstrauß auf den Tisch. Als ich dann genauer hinsah, erblickte ich ein kleines Kärtchen, das dazwischen lag. Ich nahm es und las:

Ich fühle eine besondere Erleichterung und Freude. Danke Bruderherz.

Ein Freund liebt alle Zeit,
und ein Bruder wird für die Not geboren.

Salomo 17,17

Abgezählt
Vorweihnachtliche Eindrücke

Wir waren schon sehr spät dran, meine Frau Anke, meine Tochter Julia, Sohn Tobias und ich. Samstage machen immer so schläfrig. Der Sonderzug nach Nürnberg zum Weihnachtsmarkt würde auf uns bestimmt nicht warten.

Und wenn ich nicht pünktlich sein kann oder es nicht bin, macht mich das unleidlich und ich beginne zu transpirieren. Obwohl draußen die Temperaturen Richtung Minus gehen.

Das geht so weit, dass die Autoscheiben von innen so schnell beschlagen, dass meine Frau mit dem Wischen nicht nachkommt. Julia kennt das und fragte schon mal im Voraus: „Papa, schwitzt du schon?"

Und genau das war's, was da heute mal wieder auf mich zukommen sollte. Wir mussten nämlich mit dem Auto zum Bahnhof nach Schlüchtern. Wir hätten auch nach Steinau an der Strasse fahren können, aber das wäre ein Umweg von ca. 8 Km, obwohl die Luftlinie ..., ach was, es ist eben so. Daran kann man erkennen, wie entfernt wir von der Zivilisation wohnen.

Meine beiläufige Frage, als wir ins Auto einstiegen: „Anke, hast du meine Eukalyptusbonbons eingesteckt?", hatte ungeahnte Folgen.

„Nein, sollte ich?"

„Du weißt, dass ich bei dem Wetter zur Vorbeugung gerne ein Bonbon lutsche. Also?"

Tobias wollte seine Mutter retten und ersparte ihr eine Erklärung.

„Mama kann sie nicht haben. Sie hat vergessen, welche zu kaufen. Am Bahnhofskiosk kannst du noch welche bekommen, Papa."

„Ich bezahle aber für die gleiche Tüte nicht einen Euro mehr, nur weil's der Bahnhof ist. Ich gehe noch schnell in den Supermarkt um die Ecke. Wartet im Auto auf mich."

Die paar Minuten werde ich wohl noch haben, dachte ich. Mein Blick auf meine Uhr bestätigte mir mein Gefühl. Ich beeilte mich trotzdem. Man weiß ja nie. An der Kasse war wenig Betrieb, besser gesagt, kein Betrieb. Und mit der einen Eukalyptusbonbontüte wäre ich auch gleich wieder durch die Kasse und draußen. Perfekt.

Dass es nicht mein Tag war, hätte ich spätestens wissen müssen, als ich die Eukalyptusbonbons nicht in den Regalen fand, wo sie monatelang immer lagen.

„Wo liegen denn die Hustenbonbons?", rief ich der Kassiererin zu.

„Ich meine, hinten an der Wand in einem neuen Regal. Seit gestern."

„Danke!"

Der Supermarkt hatte lange Gänge, die hintere Wand konnte ich ohne meine Brille gar nicht richtig ausmachen. Aber mit schnellen Schritten war ich davor gelandet, und schlich am etwa 15 m langen Wandregal entlang, aber langsam, den Blick immer von oben nach unten.

So stellte ich mir vor, liest ein Chinese die Zeitung. Ganz unten, am Ende des 15 m langen Regals lagen sie dann, meine Eukalyptusbonbons.

Raus nehmen, ran an die Kasse, raus aus dem Laden, rein ins Auto - alles reine Spekulation.

An der Kasse stand inzwischen eine ältere Dame mit vollem Einkaufskorb und legte das erste Päckchen aufs Laufband.

Ich schimpfte in Gedanken mit meiner Frau, dass sie die Eukalyptusbonbons vergessen hatte.

Mein Blick auf die Uhr zeigte, dass ich bereits die mir zur Verfügung stehende Zeit überschritten hatte, und die Transpiration setzte augenblicklich ein.

Gelangweilt und nervös gleichzeitig, zählte ich das passende Geld ab. Sollte ich einfach das Geld hinlegen und gehen? Geht nicht, da die Kassiererin diesen Scanner benutzen musste. Aber der Kundin vor mir das abgezählte Geld geben, Packung durch den Scanner ziehen lassen und gehen?

Die alte Dame bemerkte meine Nervosität und blickte mich ziemlich mürrisch an, während sie ihre Radieschen aufs Laufband legte. Und etwas nervös wirkte sie auch schon, da ich meine Eukalyptusbonbontüte von einer in die andere Hand warf. Es knisterte halt ein bisschen. Ein bisschen zu viel, wie sie dann meinte. Den Blick zur Uhr ersparte ich mir, fast aus Angst.

Die Kundin vor mir war fertig, denn so viel hatte sie gar nicht im Wagen, den meisten Platz nahm ihr Einkaufskorb ein. Konnte man aber vorher nicht sehen.

„13,37 Euro", sagte die Kassiererin, dabei blickte sie neugierig an mir vorbei, um zu sehen, wie viele Kunden ihr da noch bevorstanden.

Kassiererin war offenbar nicht ihr Berufswunsch gewesen, ich hätte sie mir gut als Kommentatorin eines Faultierkletterns, so von Ast zu Ast, vorstellen können.

Als die alte Dame vor mir ihre Geldbörse in die etwas zittrige linke Hand entleerte, kamen mir aberwitzige Gedanken. Centstücke im Umkreis von zwei Metern, teilweise unter den Regalen verstreut, und ich auf den Knien bei der Suche.

„Sie können doch immer Kleingeld gebrauchen, Fräuleinchen."

Das Fräuleinchen blickte etwas pikiert, dann begann sie aus der Hand der Kundin ihren Betrag in Cents, ein paar Eurostücke waren auch dabei, heraus zu pflücken.

„13,28 – 13,30 – 13,31 – 13,32 – 13,37.“

„Na sehen sie, passt doch“, sagte die Kundin.

Dass das Einräumen in die dafür notwendigen Schubladenabteile der Kasse ebenso lange dauern würde, hatte mich dann doch überrascht. Da das 5 Cent Stück in die Abteilung 2 Cent flog, und nicht gleich gefunden wurde, machte mir das einen dicken Hals.

Mein Blick auf die Uhr brachte mich fast in Panik, zumal Julia, im Auftrag von Mama, draußen vor dem großen Schaufenster erschien und fragende Körperverrenkungen machte.

Mit Zeichensprache trat ich mit Julia in Kontakt und versuchte anzudeuten, dass es noch etwas dauern würde.

Da Julia etwas nervös herumhampelte, machte sie damit die alte Dame auf sich aufmerksam. Der Blick zu mir bestätigte ihr die Verbindung zwischen Vater und Tochter.

„Muss die Kleine mal?“, fragte die alte Dame.

Sie verstaute vor mir gerade den Rest der Barschaft im Geldbeutel.

„Die Kleine muss zum Bahnhof“, sagte ich ungeduldig.

„Da ist sie aber **hier** verkehrt.“

„Hier, sie haben ihre Radieschen liegen lassen“, sagte ich etwas genervt.

„Oh, danke schön, sehr aufmerksam.“

Dann trennte sie sich endlich vom Kassenbereich. Gerade wollte die Kassiererin den Kunden hinter mir abfertigen, zischte ich dazwischen.

Ich musste wohl den Eindruck gemacht haben, dass ich zu der alten Dame gehörte. Die Kassiererin hatte meine Tüte mit Eukalyptusbonbons gar nicht gesehen.

„Halt, ich habe nur eine Tüte Eukalyptusbonbons, außerdem auch den Betrag pass ...“

„Moment bitte.“

„Haben sie alles gefunden?“

„Ja, habe ich.“

Der Kunde, der das sagte, stand außerhalb der Kasse, am Ende des Förderbands, in der Ladezone für den Einkaufskorb. Er war wohl vorher schon mal da, musste nur noch den Rest angeben. Er hatte vor dem Supermarkt Wein aus einem Angebotsgestell geholt.

Er sah aus wie dieser Hundertwasser, Künstler vom Scheitel bis zur Sohle. War er es vielleicht?

Unwillkürlich schielte ich auf seine Socken, aber er war barfuß - in Sandalen - bei dem Wetter. Aber was wunderte ich mich? Ich schwitzte ja sogar.

„60,41 Euro“, sagte die Kassiererin endlich.

Drei 20-Euroscheine flatterten auf die Ablage, dann reichte er der Kassiererin seinen Geldbeutel, auf Beutel liegt die Betonung. Er bat sie, die 41 Cent herauszusuchen, da er seine Brille im Auto liegengelassen hätte. Der Parkplatz liege etwas entfernt, außerdem wolle er nicht den Betrieb aufhalten. Ich konnte mich ob seines Verständnisses vor Rührung kaum bändigen und lauschte begeistert der Kassiererin, wie sie das Kleingeld aus dem Beutel in die Kasse zählte. Dieses scheppernde Geräusch wollte gar kein Ende nehmen - ...... es waren doch nur 41 Cent ......!

Meine Julia war inzwischen kopfschüttelnd aus der Kälte geflohen und schon wieder im wärmenden Auto verschwunden. Ich blickte auf die Uhr und überlegte, wie ich erstens in eine solche Situation gekommen bin, zweitens wieder herauskomme und drittens den Zug noch erreichen könnte.

Alle Ampeln grün, niemand vor mir oder der Zug auf dem Gleis festgefroren ...- alles Utopie.

„Was ist jetzt mit ihren Bonbons?"

„Oh, Entschuldigung – natürlich."

„1,59 Euro!"

Als Abschluss und froh darüber, dass alles Warten ein Ende hatte, wollte ich noch einen Scherz anbringen.

„Kann ich ihnen das auch in Cent geben? Abgezählt ist es auch."

Der Protest der hinter mir Stehenden brach so lautstark über mich herein, dass ich 1,60 Euro auf die Ablage warf und davon rannte.

„Anke, Julia, anschnallen, es wird jetzt etwas hektisch – Tobias ..."

„Papa, ich bin angeschnallt!"

Auf den Jungen ist Verlass. Ich hatte mir noch rasch einen dieser Eukalyptusbonbons in den Mund gesteckt, es hat auch eine beruhigende Wirkung. Plötzlich sagte meine Anke: „Wir haben noch eine halbe Stunde Zeit, ich hatte den Fahrplan falsch gelesen.

Außerdem fährt er auf Gleis eins ab, da brauchen wir nicht durch die stinkige Unterführung laufen."

Da fiel mir nichts mehr ein. Während Anke und Julia die angelaufenen Scheiben rundum im Auto wischten, splitterte unter dem wütenden Druck meines Ober- und Unterkiefers das Eukalyptusbonbon in 1000 kleine Stücke.

„Sag' mal, mein Lieber, kannst du nicht die Bonbons lutschen? So wie jeder vernünftige Mensch?"

„Bevor ich diese provokante Frage beantworte, sage mir lieber, ob du wenigstens die Fahrkarten eingesteckt hast."

„Als ob ich etwas vergessen würde."

Diese Antwort von Anke war so überflüssig, wie die Aufforderung, dabei zuzusehen, wenn Farbe trocknet.

Es gibt kaum etwas, was den Menschen mehr beruhigt, als ein tief verschneiter Wald. Die Gewalt der Ruhe lässt uns klein still und dankbar werden.

Wenn du davor stehst, links ...

Was für ein Fortschritt. Männer werden auf Einkaufstour geschickt und dabei manchmal wie Roboter gelenkt. Gewöhnlich beginnt diese Tätigkeit mit der unangenehmen Ankündigung: „Liebling, mach du doch mal den kleinen Einkauf."

***

Meine Anke, das norddeutsche Gewächs, hatte mit der Nachbarin Manuela, einer Einheimischen, genau die richtige Person gefunden. Die beiden Frauen veranstalteten oft einen Kaffeeklatsch und erklärten sich gegenseitig Begriffe, die sie in ihren verschiedenen Dialekten für besonders gelungen ansahen. Herzlich lachen müssen wir alle bei Ankes Lieblingssatz, den sie, wann immer es geht, bei mir anbringt.

„Ich haach der aach uffs Aach, und uffs annere Aach aach."
Im Gegenzug konnte Manuela dafür ihrem Werner bieten: „Du bist ein lütten Schietbüdel."

Aber eines hatten sie gemeinsam. Sie kannten sich besonders gut im Supermarkt aus. Sie konnten blind durch die Regalreihen gehen und wussten auf Anhieb, wo was steht. Da macht ihnen so schnell keiner etwas vor. Diese Fähigkeiten sind sensationell.
Seitdem Frauen aber entdeckt haben, dass man auch den wortgewandten, aber selten gut informierten Gatten per Handy einkaufen lassen kann, stehen manche Männer vor gefüllten Regalen und sehen aus, als ob sie mit dem Zucker, dem Mehl oder einer Zahnpasta Zwiegespräche führen würden.

Dieses Handy hat zwar Vorteile, aber auch gewaltige Nachteile. Ganz gezielt denke ich an die vielen Männer, die ab sofort und überall erreichbar sind. Jetzt und gleich.

Im Auto, der Bahn, beim Arzt, beim Sport, beim Flirt ..., die Liste ließe sich beliebig ausdehnen.

Es geht aber jetzt und heute nur um den Einkauf. Dabei werden sie per Handy zu den Waren gelotst, die in den hinterher gezogenen Einkaufswagen gehören. Für mich nehme ich natürlich in Anspruch, dass ich das Handy nur im äußersten Notfall bemühe. Oder meine Frau, um mir mitzuteilen, dass sie auf dem Einkaufzettel etwas vergessen hat.

In solchen Fällen zeichnet sich die Technik als Segen aus. Es hilft Zeit und Geld zu sparen. Abgesehen von den Gesprächskosten, die aber in keinem Verhältnis zum Eingesparten stehen.

Lange hatten wir getestet, welches Klingelzeichen wir wählen sollten. Nach vielen Tests haben wir uns dann für die wenig aufregende Melodie von Ravels Bolero entschieden. Allerdings gab Anke zu bedenken, dass man bei dem Stück auch einschlafen oder wahnsinnig werden könnte.

Unsere Tochter wiederum wollte, weil ja gerade Weihnachtszeit ist, Jingle Bells als Klingelton.

Und man könnte ja nach Weihnachten wieder umstellen.

Ich entschied, dass mich so etwas überhaupt nichts angeht und auch nicht belastet. Es durfte nur kein Song von „Tokio Hotel" sein.

Es vergingen etwa drei Wochen, da sagte meine Frau, dass ich bitte vom Supermarkt etwas mitbringen solle.

„Der Einkaufszettel liegt auf der Anrichte im Flur. Nimm' bitte einen Korb mit." Meine Anke war gnadenlos.

„Und vergiss nicht das Handy – für den Notfall – es liegt am Küchenfenster."

Als ich, völlig unbeeindruckt von den Vorgängen, listig pfeifend meinen Einkaufswagen mit einem EURO freikaufte und ihm die Kette löste, hatte ich den Eindruck, als ob an diesem Tag lauter Ehemänner durch die Gänge tobten.

Und das wussten auch die Supermarktbosse, denn die Lautsprecherwerbung richtete sich an den Herrn Papa und Ehemann. „Bald ist Weihnachten. Es kommt schneller, als sie denken. Wir bieten ihnen heute etwas ganz Besonderes für die Liebste."
Ich wollte das jetzt nicht unbedingt wissen und tänzelte durch die belebten Gänge der Angebote.
Eigentlich hasse ich solche Massenaufläufe und wäre liebend gern nicht dabei gewesen. Aber mein Einkaufzettel klemmte fest zwischen meinen Fingern, wie eine Zeitbombe. Nichts wie durch, war meine Devise, und das rasch.
An Männern mit Schweißperlen auf der Stirn, habe ich mich hastig vorbei gemogelt - schnell und zielgerichtet.
Neidvolle Blicke kreuzten ständig meinen Slalom durch die Gänge. Ich überholte, mal links mal rechts, völlig überforderte und frustrierte Männer. Es machte mich zutiefst traurig, Artgenossen so sehen zu müssen – so leidend.
Dem nervigen Nikolaus, der sich ständig in den Weg stellte, fuhr ich über die Stiefel und erntete ein vorwurfsvolles „Ho-Ho-Hoohhh!"

Obwohl ich manche Gänge zwei- oder dreimal durchlief, ich vermied es fragenden Blickes dazustehen, war ich gut in der Zeit und hatte schon über die Hälfte meines Zettels abgearbeitet.
Die Weihnachtslieder (nonstop) aus dem Lautsprecher, unterbrochen durch die wichtige Mitteilung, nicht das Geschenk für die Lieben zu vergessen.

Es veranlasste mich, mit dem Einkaufswagen im Rhythmus der Musik durch die Regalreihen zu tänzeln.

Wo ist nur diese verdammte Dose mit ...- halt, ich hatte sie entdeckt. Erleichtert griff ich dicht am Hals eines Mannes vorbei ins Regal.

Er erschrak und legte den Kopf zur Seite, das Handy fest ans Ohr gepresst. Der arme Mann, dachte ich, als plötzlich die Melodie von Ravell erklang.

Mein Handy. Ich bin nicht da.

Eine Weile hörte ich noch den tollen Bolero und spielte den Teilnahmslosen. Andere griffen hastig in ihre Taschen, weil sie dachten, dass da vielleicht die „Regierung"...- aber was ging mich das an. Dann Ruhe. Danach ein komischer Piepton.

Fantastisch, es war eine SMS für mich.

„Ruf zurück – wichtig." Eine unerhört aussagekräftige Mitteilung meiner Frau.

„Was ist denn so wichtig?", fragte ich, hinter einem großen geschmückten Weihnachtsbaum versteckt.

„Bring bitte noch vier Paprika mit."

„Rot, gelb, grün? – Natürlich ist mir das auch egal, aber ich wollte wenigstens fragen. Moment mal, bleib bitte dran, da will ein Mann was von mir."

„Haben sie vielleicht ein Netz?"

„Nein, einen Korb", sagte ich und wunderte mich über eine so blöde Frage. Außerdem stand ich hinter einem Weihnachtsbaum, wie hat der ausgerechnet mich entdeckt?

Außerdem, was ging ihn das an, ob ich ein Netz habe?

„So, ich bin wieder dran."

„Stefan, ich habe das mitbekommen und glaube, dass er mit Netz meinte, ob du eine Verbindung mit dem Handy hast."

Jetzt sah ich in das verstörte und verängstigte Gesicht des Mannes und begriff.

„Können sie mir sagen, wo ich Oblaten finde?", fragte er mit einem Unterton wie - jetzt oder nie.

„Liebling, weißt du wo Oblaten liegen?"

„Ja!" Natürlich wusste sie es.

„Das sind doch diese flachen Kekse?", fragte ich, womit ich natürlich dem Mann vor mir imponieren wollte. Weil ich eben weiß, was Oblaten sind.

„Nein, Oblaten sind die dünnen Scheiben, die beim Abendmahl auf der Zunge zergehen, zergehen sollten, aber doch immer am Gaumen kleben bleiben. In welchem Gang bist du?
Gut - dort wo ein großer Tannenbaum steht, bog ich in den Gang Backwaren ab. Jetzt muss rechts der Kaffee stehen.
Gegenüber, wenn du davor stehst, links unten im mittleren Regal – da liegen die Oblaten."

Die Erleichterung des armen Mannes, der mir mit Spannung gefolgt war, konnte man nicht übersehen.

„Danke mein Schatz, du hast eben einen etwas hilflosen Menschen sehr glücklich gemacht. Er sieht aus, wie wenn er gerade ...",

„ ... nun ist aber gut!"

Ich bewunderte das Wissen meiner Anke, die mit Hilfe der gigantischen Technik, die ich ebenso bewundere, einen anderen Menschen aus einer großen Verlegenheit befreite.
Der gute Mann bewunderte meine Sachkenntnis, und verabschiedete sich mit den besten Wünschen zum Weihnachtsfest. Auf dem Heimweg meldete sich noch einmal Ravels Bolero, aber da ich sowieso gleich daheim ...

„Schatz, hast du meine SMS nicht bekommen? Wir brauchen noch zehn Eier."

Als ich frustriert den Korb abstellte, dachte ich - nur so für mich - wann erfinden sie den kleinen Mann im Ohr, der automatisch eine SMS laut vorliest.
So nach etwa fünf Minuten, wenn man bis dahin nicht zurückgerufen hat oder man die Nachricht gerade löschen will?

Couscous in Sousse
Urlaub in einem „Sandkasten"

Es gibt Dinge im Leben, die man aus Überzeugung nicht so gerne macht. Wie zum Beispiel eine Reise, zu der man aber von einem geliebten Menschen charmant gezwungen wird.

Automatisch beobachtet man intensiver alle Vorkommnisse, die mit einer solchen Reise im Zusammenhang stehen. Man müsste doch einen Beweis dafür finden, die Unlust zu rechtfertigen. Irgendwie müsste doch der Pessimismus zu seinem Recht kommen.

Und wie das im Leben so ist, passiert es dann auch. Die Schwarzmalerei erweist sich als Tatsache. Ein Hoch dem Pessimismus.

Die Befriedigung ist ungeheuer – manchmal ......

***

Ein Land, wo die Sonne die Farben leuchtend macht. Ein Land mit einem außerordentlichen Zauber, wo der Wind die Olivenbäume bewegt, wo der Schatten der Palmen sich im goldglänzenden Sand abzeichnet und lange Karawanen sich langsam im Rhythmus der Kamele bewegen.

Ein seit tausenden von Jahren gastfreundliches Land, das sie bezaubert. Ein Land, das mit vielen Verlockungen auf sie wartet – TUNESIEN.

In diesem Land muss man einfach Weihnachten feiern.

Meine Marita wollte dem Verwandtentross an den Feiertagen entfliehen und überzeugte mich von einem ruhigen Plätzchen für die Weihnachtstage.

Die blumige Beschreibung in der Broschüre hat meiner Frau die Sinne verwirrt. Ihre Begeisterung kannte keine Grenzen.

Ich wäre wohl nie auf die Idee gekommen, nach dort zu fliegen, in einen überdimensionalen Sandkasten, mit ein paar Palmen um Wasserlöcher. Aber meiner Frau zuliebe nahm ich dieses Abenteuer in Kauf.

Immer wieder, während sie mir von den Vorzügen eines solchen Urlaubs erzählte, schleuderte sie mir imponierende Zahlen und Detailangaben um die Ohren.

„1.300 Km Strand" (für meine Frau bedeutet die gesamte Küstenlänge gleichzeitig Strand), 300 Tage Sonne im Jahr".

Das hat was, besonders zu Weihnachten.

„Dann noch etwa 70 – 80 Hotels mit über 10.000 Betten ... und, und, und."

„Marita, brauchen wir mehr als zwei Betten?"

„Du bist ziemlich albern."

Eigentlich meinte ich doch auch nur ..., aber was soll's.

„Was wir unbedingt machen sollten, ist die Fahrt von Tozeur durch die Schlucht des Selja. Mit dem Nostalgiezug *Lézard Rouge*."

„Da könnten wir doch eigentlich auch mit der Brocken-Bahn ..."

„Elke hat das auch gemacht", unterbrach sie mich, „und die erzählte, dass es unvergleichlich wäre." Dabei schnalzte Marita mit der Zunge.

„Das kann ich nur bestätigen, denn die Brockenbahn ist in ihrer Art einmalig und ...„

Marita drehte sich einfach weg und schüttelte den Kopf. Die Argumente meiner Marita waren so überzeugend, dass ich im Geiste mit meinen Händen schon die Flugscheine umklammerte.

„Die Passagiere des Fluges 431 nach Tunis möchten sich bitte zu Flugsteig F 30 der Tunis Air begeben."

„Elgard wir sind gemeint."

Mit diesen Worten und einem Sprung nach vorn, stand meine Frau mit erwartungsvoller Miene vor mir und deutete an, dass ich meinen Kaffee nicht mehr austrinken könne.

Diese Hektik hatte ich bei dieser Reise nach Tunesien eigentlich unterbinden wollen. Erholen, ausspannen; einfach abschalten. Aber dies begann mit genau dem Gegenteil. Begleitet wurden wir zum Flugsteig von den Klängen zu „Es ist ein Ros' entsprungen".

„Die Maschine wird schon warten, mein Engel."

An Weihnachten nenne ich Marita immer Engel, Sternchen oder auch mal mein Glitzerkügelchen. Zu Ostern sind es dann Häschen, kleines Stubenküken oder niedlicher Eierkocher.

„Natürlich, weil du der Herr Wolfshohl bist!"

Ich nahm mein Handgepäck, stand vom Stuhl auf, riskierte noch einen Schluck aus der Kaffeetasse und lief hinter meiner davon schwebenden besseren Hälfte her. Wer hat eigentlich dieses blöde „Bessere Hälfte" erfunden?

Der Hinweis   Flugsteig F 30 verhinderte weitere Gedanken daran.

Es wurde ernst, unser erster Besuch in Afrika stand kurz bevor. Zwar nur die Türschwelle dieses großen Erdteils, aber immerhin. Die einzige Frage, die ich beim Einchecken zu beantworten hatte, war: „Raucher?"

„Nein, Nichtraucher!"

Mein Blick in die illustre Runde bestätigte mir meine Befürchtungen, denn 90 % der Reisenden waren 60 Jahre und älter.

„Marita, das ist ja ein Seniorenausflug!"

„Halt dich mal zurück, du bist auch schon 56 – oder? Außerdem interessieren die mich alle nicht.

Ich möchte mit dir zusammen zwei ruhige, stressfreie Wochen am Strand verbringen, mit viel Sonne, gutem Essen und absoluter Ruhe. Kein Telefon."

„Du hast Recht, das haben wir uns verdient."

Die Sitze der Wartezone waren inzwischen alle besetzt und die Maschine stand in Sichtweite vor uns, durch das große Panoramafenster gut zu sehen.

„Elgard, was sind das für braune Streifen an der Maschine?"

„Die so senkrecht nach unten verlaufen?"

„Ja, siehst du sonst noch welche?"

„Rost – oder Öl, nehme ich mal an."

„Meinst du die Maschine ist schon so alt, dass sie rostet? Mach mir keine Angst. Haben die denn keine Mellige?"

Solche oder ähnliche Fragen eignen sich dazu, die fröhliche Urlaubs- oder Weihnachtsstimmung zu verderben.

„Das ist Rostschutzanstrich und heißt Mennige. Aber das kannst du nicht an einem Flugzeug …"

Eigentlich hatte ich meine Antwort mehr im Scherz gegeben, denn von meinen vielen Geschäftsreisen war ich noch ganz andere Dinge gewohnt. Und solche Streifen beunruhigten mich nun überhaupt nicht.

Ich war mit meinen Gedanken auch längst wieder ganz wo anders und Marita kramte geschäftig in ihrem Handge-päck. Frauen suchen gelegentlich nach etwas, ohne zu wissen, was sie eigentlich finden wollen. Manchmal schließen sie dann enttäuscht wieder die Tasche oder die Box, um sie eine Weile später doch wieder zu öffnen. Denn vorher hatten sie etwas entdeckt, was sie nun doch brauchen. Bei Marita war's ein Pfefferminzbonbon.

„Nein – ich möchte keins, mein Schatz."

„Flieget sie das erschte Moal?"

Mein Sitznachbar riss mich aus der ergreifenden Konversation mit meiner Frau heraus. Ich schätzte den Herrn auf etwa 70, elegant gekleidet, aber mit einem ängstlichen Blick ausgestattet.

„Nein, wir sind schon häufig geflogen, nur zu Weihnachten ist es ... – warum?"
„Ist das wirklich Rost?"
„Ja also ... – das weiß ich nicht so genau. Vielleicht auch nicht. Ich glaube nein."

„Er sagt, das kann nicht sein", damit drehte der alte Herr sich zu seiner Frau, die wohl ihre ängstliche Frage an ihren Mann gerichtet hatte, nachdem sie meine Marita fragen hörte.
Aber er antwortete etwas, was ich gar nicht sagte. Ich ließ es dabei, da die Frau ganz zufrieden lächelte.
Nun wurden die Nummern der Sitzplätze aufgerufen, um ohne Gedränge nacheinander den Platz in der Maschine einnehmen zu können. Der Zufall wollte es, dass das ältere Ehepaar neben uns die Plätze bekommen hatte.
„Welch ein Zufall – dann sind wir ja Flugnachbarn", sagte ich in Richtung der beiden.
„Wohin will er noch fahr'n?", fragte der Mann dann seine Frau.
„Vati, er sagt, wir sind Nachbarn."
„Ach so – nett."
„Sie müssen entschuldigen, mein Mann hat ein Hörgerät, aber manchmal kann er trotzdem nicht alles genau verstehen."

Wir nahmen alle unsere Plätze ein und die Maschine startete, trotz „Roststreifen".
Mein schwerhöriger Nachbar schlief den Flug beinahe durch.

Meine Frau hatte eine Illustrierte von vorn bis hinten auswendig gelernt und ich genoss den Blick auf die Alpen und die letzte Möglichkeit, Schnee zur Weihnachts-zeit zu sehen. Wir überflogen den italienischen Stiefel und das Meer mit seinen Inseln unter uns.

Der blaue Himmel und die Sonne, die alles in ein gleichmäßiges Licht tauchte, waren betäubend schön. Eine beruhigende, friedliche Atmosphäre.

Ich entschloss mich, einen geruhsamen, abgerückt vom übrigen Weltgeschehen, zwei Wochen dauernden Urlaub zu verbringen.

Nur der Liebe und der Zuneigung meiner Marita ausgeliefert. Angenehme Gedanken, bis der Umkehrschub der Triebwerke den Bremsvorgang einleitete. Trotz dieses plötzlichen Schocks setzte die Maschine auf der Landepiste sachte auf.

„Elgard – wir sind da!"

Mit dieser Bemerkung reihte Marita sich in die klatschen-den Fluggäste ein, weil die Landung so gut geklappt hatte.

Ich stellte mir vor, wie das bei einem Flug wäre, der nur Geschäftsleute an Bord hat.

„Ich weiß! Ich weiß aber auch, dass wir, bis die Maschine steht, sitzen bleiben müssen."

„Trotzdem sind wir da!"

Gibt es dagegen noch ein Argument? Der Mittelgang füllte sich dermaßen rasch, dass ich mich demonstrativ wieder in meinen Sitz fallen ließ. Gleichzeitig drückte ich auch Marita wieder in ihren Sitz. Ihr Gesicht verriet mir, dass sie verärgert war und ich vermied geschickt ein Gespräch.

Irgendjemand verlor fast seine Fotoausrüstung und hatte Glück, dass sich der Trageriemen um meinen Hals legte. Ich zog ihn am Arm zurück und erntete dafür noch einen ziemlich ärgerlichen Blick, weil er glaubte, ich wollte ihn am Aussteigen hindern.

Er war aber auch in einer Zwickmühle, denn seine „bessere Hälfte" schubste ihn unaufhaltsam vorwärts. Sie spürte wohl schon den Meeressand zwischen ihren Zehen. Wie meine Marita.

„Elgard – glaubst du nicht, dass du jetzt auch mal aufstehen solltest?"

Raus aus der Maschine, Gepäck empfangen – Zollkontrolle.

Alles bestens überstanden, der Bus zum Hotel stand auch schon da. Man erklärte uns, dass wir in etwa 15 Minuten dort sein würden.

Eine gewisse Hektik um uns herum stellte das aber in Frage. Es drehte sich um den alten Herrn, der im Flugzeug neben uns saß, der Schwerhörige. Auf Nachfrage stellte sich heraus, dass der gute Mann sein Hörgerät verloren hatte – einfach aus dem Ohr gefallen. Eine Suche war wohl zwecklos, denn achselzuckend nahmen sie und ihr Mann im Bus Platz. Das kleine „Männchen im Ohr" hatte sich verkrümelt. Er schien tatsächlich nichts mehr zu hören, denn seine Frau übte sich in der Zeichensprache.

Möglich, dass er schon vor dem Abflug nicht mehr im Besitz des Gerätes war.

„Meinst du, die bekommen in Tunesien ein neues Teil?"

„Das glaube ich nicht, Marita."

„Armer Mann!"

„Vielleicht kann er froh sein, wenn er nicht alles hören muss. Den Muezzin oder die für unsere Ohren doch etwas fremdartige Musik, zum Beispiel."

„Auch im Hotel - wo nur Deutsche sind?", fragte Marita ganz erstaunt.

„Was?", entfuhr es mir.

Damit hat mich meine Frau mächtig erschrocken. Nur Deutsche – wie zu Hause?

Die meisten Hinweisschilder im Hotel waren tatsächlich in deutscher Sprache, etwas holperig, aber immerhin. In unserem Zimmer hing zur Begrüßung sogar ein Zettel mit der Nachricht „Frolige Wehnacht".

Da kam mir „Weh" in den Kopf und die Hoffnung, dass es nicht so kommen würde. Bis Weihnachten waren es noch fast zehn Tage. Der Tannenbaum in der Empfangshalle war von BASF oder einem anderen Chemiekonzern gesponsert.

„Oh Tannenbaum, oh Tannenbaum wie schön glänzt deine Plastik."

An den folgenden Tagen lernten wir unsere deutschen Mitreisenden kennen, deren Sorgen und Ängste, aber auch den weitläufigen Strand, den Hotelpool und das reichhaltige Essen. Und wie das des Deutschen Art ist, steht er pünktlich und zur festgesetzten Zeit am Buffet. Bis wir merkten, dass die wenigen Franzosen im Hotel sich später als wir zum Essen bemühten, aber dafür saftige Steaks auf dem Buffet vorfanden. Bei uns gab es immer die gleichen zwei Sorten Fisch.

Also sprangen Marita und ich über unseren Schatten und kamen ebenfalls später zu den Mahlzeiten. Das brachte uns bei unseren deutschen Mitreisenden den Beinamen „die Verschlafenen" ein.

Gott sei Dank gab es die Schlacht mit dem Handtuch auf dem Liegestuhl nicht, da Nachsaison und deshalb weniger Andrang. Es gab genug Auswahl. Aber manche trauten dem nicht und legten ihre Handtücher trotzdem aus.

Eine ganz nebensächliche Begebenheit hat dem deutschen Teil der Reisegruppe aber gehörig zugesetzt.

Der alte Herr, der sein Hörgerät verloren hatte, musste ab dem 3.Tag auch noch auf seine Brille verzichten.

Er hatte sie vom Kopf verloren, hörte nicht, wo sie zu Boden fiel und trat sie dabei kaputt.

Der bügellose Aufsatz für seine eigentliche Brille, war alles, was ihm blieb. Daher auch wenig nützlich. Dieser Pechvogel tat allen leid. Er hörte fast nichts und war, nun auch noch ohne Sehhilfe, ganz auf seine Frau angewiesen.

Keine Weihnachtslieder, keinen Blick auf den geschmückten Baum, nichts, was ihn an die christlichen Traditionen erinnerte. Am nächsten Tag erstanden wir in der Stadt wenigstens eine Sonnenbrille für den alten Herrn. So ein Exemplar, das jeder tragen kann. So blendete es ihn wenigstens nicht. Modisch war sie nicht gerade und alle tauften ihn „Mr. Cool".

Die Gläser waren allerdings so schwarz, dass viele glaubten, er sei blind.

Diese Situation mochte ich mir, so für mich persönlich, nicht mal vorstellen. Alle anderen machten sich ebenfalls Sorgen und achteten instinktiv darauf, dass dem alten Herrn nichts mehr passiert.

Man hörte für ihn, sah für ihn. Man schützte ihn vor Gefahren, bevor sie überhaupt eintraten.

Mann kannte sich halt schon und war in diesem fremden Land eine eingeschworene Gemeinschaft, eine Exklave im „Sandkasten" von SFAX, der Stadt unserer Urlaubsträume.

Nach einem langen und anstrengenden Badetag am Strand, unter der sengenden Sonne, wollten wir den Abend an der Poolbar bei einem Glas Wein ausklingen lassen. Meine scherzhafte Frage, ob es auch Glühwein gibt, registrierte meine Marita nicht einmal. Immerhin war ja Weihnachtszeit.

An einer Bar werden im allgemeinen Geschäfte abgeschlossen, Freundschaften geknüpft und vieles andere eingefädelt. Durstig und ungezwungen werden dabei Personalien ausgetauscht.

Meine Frau ging nach dem Abendessen noch mal aufs Zimmer, um sich frisch zu machen. Wahrscheinlich beschränkt sich das auf Haare kämmen und Lippenstift auftragen. Ich hatte da weniger Ambitionen und der Durst trieb mich, wie andere Herren auch, gleich an die Bar.

Trotz des Drucks, den mein T-Shirt auf meiner sonnenverbrannten Schulter ausübte, wollte ich nicht mit freiem Oberkörper, wie einige andere, an der Bar erscheinen. Warum müssen sich meine Landsleute so extrem benehmen?

Fast hätte ich zu gegebenem Anlass noch eine Nikolaus-mütze aufgesetzt. Noch bevor meine Marita wieder zurück war, hatte ich bereits vom redseligen Nachbarn einen Schnaps gereicht bekommen.

„Zum Einstieg, Herr ...“, „Elgard“, sagte ich kurz.

„Elgard – ein unüblicher Name. Kann ich auch Eggi sagen?“

„OK. – kein Problem, so nannte mich noch nie jemand.“

Um aus meinem Namen die Kurzform Eggi zu machen, da muss man schon kerngesund sein.

„Ich bin Otto, da kann man nichts draus machen, von vorn und hinten gleich.“

Sein Lachen wurde nur dadurch unterbrochen, dass er seinen Schnaps mit Schwung in den weit offenen Schlund kippte. Ich tat es ihm nach, hatte aber Glück, dass ich nicht so viel Schwung nahm. Ein Tropfen verschwand im linken Nasenloch. Ich musste niesen.

„Eggi, der Schnaps ist nicht so wie unserer, oder was meinst du?“

„Stimmt! Am liebsten mach ich mir meinen eigenen Schnaps.“

„Helga, was sagst du dazu? Der Eggi brennt auch seinen eigenen Schnaps. Ist das nicht irre?"

Seine Helga saß versteckt und klein auf dem Hocker neben Otto, ich hatte sie hinter seinem massigen Körper gar nicht bemerkt. Als ich mich um seinen Körper herum gewunden hatte, um seine Helga zu grüßen, grinste sie mir entgegen.

„Dann haben sich ja zwei Hobbyalkoholiker gefunden", sagte sie etwas säuerlich.

Sie drehte sich um und verschwand im dunklen Garten der Anlage. Ich verlor sie aus dem Blick, dafür tauchte meine Marita auf.

„Eggi – deine Frau?"

Der Dickwanst konnte es nicht abwarten.

„Marita, das ist Otto – er brennt auch Schnaps."

„Wer denn noch?"

Ich trat ihr wenig zärtlich auf die Zehen.

„Außer euch zwei", kam es spontan. Auf meine Marita konnte ich mich verlassen.

„Ich habe das schon gehört, ihr seid ja laut genug – Eggi."

Wie Marita das betonte. Meine Frau mochte es nicht, wenn Namen verstümmelt werden und machte das mit einem Unterton sehr deutlich. Richtig schnippisch. Da verstand sie keinen Spaß.

„Kannst du mir einen Cocktail bestellen? So einen, wie du ihn immer mit deinen Bränden mixt?"

Dabei machte sie einen spitzen Mund und wackelte viel sagend hin und her. Diese Bemerkung machte mich bei Otto zu einem wahren Profi. Ich musste nur aufpassen, dass ich Fachfragen auswich. Marita nahm ihren Cocktail und setzte sich zu drei anderen Damen, die nachmittags neben uns am Strand lagen.

Unsere Unterhaltung über das Schnapsbrennen wurde noch durch einen weiteren Gast ergänzt, der seinen eigenen Wein im Keller herstellt.

„Zu Hause habe ich Schwierigkeiten jemanden zu finden, der das gleiche Hobby hat, hier laufen sich gleich drei über den Weg. Unglaublich", frohlockte der.

Ich ließ Otto und den anderen in dem Glauben und hielt mich bei den Fachgesprächen vornehm zurück.

Als Marita ihren dritten Cocktail abgeholt hatte, sagte sie so nebenbei: „Alkoholiker erkennen sich wohl am Geruch - oder den roten Flecken in den Augen."

Da ich ihre sarkastische Art kannte, machte mir das wenig aus, aber den anderen gegenüber war mir das doch etwas peinlich. Außerdem rümpften sie die Nase.

Zum Schluss musste ich noch feststellen, dass es zum Schnapsbrennen eine ganz hervorragende Apparatur gibt, von der ich bisher noch nie gehört hatte.

Otto besaß so eine. Und sie kostet läppische 500 Euro. Otto versprach mir, sofort ein Prospekt zu schicken.

Da ich mich so zurückhielt, meinte Otto: „Du gibst wohl wenig Geheimnisse preis, was die Brennerei angeht."

„Na ja, so wild ist es auch nicht."

Es war spät geworden über der Fachsimpelei, als meine Marita sich vor mir aufbaute.

„Oh oh, Eggi – du musst in die Heia", ahnte Otto, lauthals beweisend.

„Habt ihr Einstiegs-Alkoholiker alles durchgequatscht?", fragte meine Marita gefährlich verständnisvoll. Die Sprachlosigkeit meiner neuen Freunde nutzte ich aus und verschwand mit ihr.

Es wurde auch Zeit, dass wir uns ins Bett legten, denn um 6.00 Uhr war die Nacht vorbei. Wir hatten einen 3-Tage-Ausflug gebucht, der uns nach Kairouan und zwei Oasen bringen sollte.

So ganz ohne Kultur wollten wir nun doch nicht das Land verlassen.

Etwas erleichtert nahmen wir zur Kenntnis, dass die Herren von der Bar nicht mit von der Partie waren. Aber der ältere Herr ohne Gehör und mit nur 20%iger Sehkraft.

Seine Frau nahm alles auf Video auf, um ihrem Mann zu Hause am Kaffeetisch den Ausflug und eigentlich den ganzen Urlaub vorzuführen.

Von Sfax sind wir mit dem Flugzeug in den Südwesten des Landes, nach Tozeur geflogen und haben dort einen Bus bestiegen, der uns die nächsten drei Tage als Fortbewegungsmittel dienen sollte.

Meine erste Frage an den Fahrer war, ob wir mit Air-Kondition ausgerüstet wären. Die Bestätigung war sehr beruhigend.

Die Oase Nefta war der erste Stopp. Ein bisschen Kultur, ausruhen und genießen der kleinen Anpflanzung. Wir hatten die Gelegenheit, die Kleinigkeit von etwa 400.000 Palmen zu bestaunen – ein grüner Fleck inmitten der gelben Sandhaufen, die sich in unendlicher Weite verloren. Und nun weiß ich auch, wo der Ausspruch „eine Oase der Ruhe" herkommt.

Es hatte eine Weile gedauert, Marita zu beruhigen, denn der Trip mit dem Nostalgie-Zug passte nicht in das Programm, das wir gebucht hatten. Also doch die Brocken-Bahn, zu Weihnachten sogar die bessere Alternative. Wenigstens die Nostalgie sollte erhalten bleiben.

Ich bin von der „Oase der Ruhe" abgekommen. Ausruhen war auch dringend angesagt, nachdem sich die Auswirkungen der Schnapsbrenn-Diskussion erst langsam verflüchtigten.

Am nächsten Tag wollten wir bereits wieder früh aufbrechen, über Tozeur nach Gafsa.

In Tozeur gab es zwar nur die Hälfte der Palmen von Nefta, aber dafür 200 natürliche Quellen, 50 mehr als in Nefta. Sensationell. Und ich dachte immer, dass in der Wüste Wasser knapp wäre.

Kleinere Pausen auf der Fahrt nach Gafsa, bei denen der Wind die Olivenbäume bewegt, der Schatten der Palmen sich kräftig im goldglänzenden Sand abzeichnet, und die langen Karawanen sich langsam im Rhythmus der Kamele weiterbewegen, fühlten wir die Gelassenheit unserer Gastgeber.

Insofern wurde das im Prospekt sehr lebendig beschrieben.

In Gafsa erwartete uns eine sehr schöne Oase, die der Antike zugerechnet wird, sowie römische Bäder im Herzen der Stadt.

Langsam spürten auch wir, dass sich Entspannung breit machte.

Der eindringliche Singsang des Abendgebetes tat ein Übriges. Dieses wohl seit tausenden von Jahren gastfreundliche Land verzaubert.

Bereits oasenkundig, besprachen wir mit der Reiseleitung das bevorstehende Hauptziel unserer Rundreise: Kairouan.

Die wohl drittheiligste Stadt des Islam, durch Okba Ibn Nafaa um 671 gegründet. Es gibt eine große Moschee und ein wohl sehr bemerkenswertes Wasserbecken der Aghlabiten am Eingang der Stadt.

Die Frage eines Mitreisenden, ob ein Moslem auch eine Fahrt nach Lourdes buchen würde, wollte keiner beantworten.

Ich mischte mich ein und bemerkte einfach, dass wir ja hauptsächlich wegen des monumentalen Wasserbeckens am Stadteingang gekommen wären. Und ein solches Bauwerk am Wüstenrand sei doch nun wirklich etwas Einmaliges.

Man glaubt nicht, wie man Leute mit einer plausiblen Erklärung zufrieden stellen kann und sie dann in der Lage sind, Strapazen auszuhalten.

Den Frauen genügte bereits die Aussicht auf einen Bummel über den Basar. Meine Marita hatte ich da nicht ausnehmen müssen.
Vor etwa 14 Tagen machte mich der Türke unseres Gemüseladens zu Hause darauf aufmerksam, dass meine Frau bereits das Handeln trainierte.
Sehr erfolgreich, wie er amüsiert und augenzwinkernd meinte.
Und sie konnte es tatsächlich nicht abwarten, die Gerüche und Geräusche des Basars zu erleben, das quirlige Leben dieser feilschenden, schnurrbärtigen Wüstensöhne. Als ihr mal der Name nicht einfallen wollte, sagte Marita einfach „Wüstlinge". Welch eine treffende Bezeichnung, wie ich etwas später feststellen konnte.
Mit den süßen Träumen des Orients beladen, schlief meine Frau an dem Abend ein. Meine eigenen Träume waren da etwas profaner, hausgemachte Bratkartoffeln mit einem Steak und ein kühles Pils.

Mehr oder weniger ausgeschlafen verfrachtete man uns am nächsten Morgen in den bereitstehenden Bus, der uns nach Kairouan bringen sollte.
Der Busfahrer war ein ganz Verrückter, ein Tausendsassa, der es überaus treffend verstand, seine Fahrgäste bei Laune zu halten. Ich war neidisch darauf, wie er in was weiß ich wie vielen Sprachen mit den Leuten, hauptsächlich den Damen, zu kommunizieren in der Lage war. Sogar in Finnisch hatte er Sprüche drauf.
Als Marita den Bus bestieg, glänzten seine Augen und er flötete ihr entgegen: „Marita, was hast du für wunderschöne Augen."

Zuerst stutzte ich, warum er ihren Namen kannte, aber da fiel mir ein, dass sie eine Goldkette um den Hals trägt, auf der ihr Namenszug in arabischer Schrift prangte. Eine Erinnerung an den ersten Besuch im Basar von Sfax.

Marita war ganz angetan von soviel Herzlichkeit und ich bekam Mühe, da mitzuhalten. Jetzt passte der Ausdruck „Wüstlinge" genau.

In unserem klimatisierten Bus konnte man es aushalten, aber die Leute draußen auf den Straßen waren Zeugnis dafür, welche Höhen das Thermometer bereits erreicht haben musste.

Die Gesichter glänzten von Schweiß und ich spürte schon ähnliches, als ich daran dachte, dass wir bald den Bus verlassen müssen. Kairouan war nur noch wenige Kilometer entfernt.

Unser Busfahrer erklärte bereits, hauptsächlich für die Erstbesucher, wie wir uns im Basar verhalten sollen. Angekommen, glaubte ich, dass der Busfahrer direkt in den Basar gefahren ist.

Denn als sich die Schar der Reisenden aus dem Bus ergoss, landeten wir fast auf einem Tisch mit einer unvorstellbaren Menge an Datteln und anderem Gemüse und Obst. Der Duft, der durch die engen Gassen in meine Nase drang, verwirrte meine Geruchsnerven völlig. Ich roch Alles und Nichts.

Die Reisenden, es waren gleichzeitig mehrere Busse gekommen, wurden in den Basar hineingeschwemmt, wie ein Eimer Wasser in die Abflussrinne.

Die aufgeregten Stimmen der Händler, die in aller Eile mehrsprachig auf uns einredeten, bis sie die zutreffende Sprache endlich erwischten, kamen mir vor wie das Tiere raten unserer Kinder: Hund-Affe-Katze-Maus- ...

Ich wollte mich nicht beeindrucken lassen und blickte eher teilnahmslos in die Gegend.

So, als wenn ich gar nicht mehr da wäre, immer darauf achtend, dass ich die Frau mit den wunderschönen Augen nicht aus dem Blick verliere. Marita musste es erahnt haben und ergriff meine Hand.

Der Geruch von Leder, Obst, Gemüse, Garküchen, Kupfer und Wolle, machte mich fast schwindelig. Da zupfte mich plötzlich jemand am Hosengürtel.

„He, du mich noch kennst? Ich freue, du wieder hier sind."

Der Blick in dieses Gesicht der Person, die mich wieder erkannt haben will, gibt mir zu denken. Wie kann das sein? Ich bin doch das erste Mal in Kairouan. Ich kannte den Mann jedenfalls nicht, aber was soll's, er hatte ein beeindruckendes Sortiment von Kupfervasen, Bildern und Keramik.

Er verwechselte mich sicherlich. Ich musste ihm das ja nicht unbedingt auf den Schnurrbart binden. Da sie sich mit ihren Bärten alle irgendwie ähneln, sagte ich: „Ja, toll, kann das wahr sein? Du?"

Ohne dieses unerwartete Gespräch wäre ich wohl nicht stehen geblieben und hätte folge dessen auch nicht dieses wunderschöne Kupferbild erblickt, das Marita unbedingt über unserem Kamin platzieren wollte. Ich handelte den Preis auf die Hälfte herunter, wie bei alten Freunden üblich, und wir verließen den ständig danksagenden Händler.

„Woher kanntest du denn den Mann", fragte Marita erstaunt.

„Ich nicht ihn, er mich."

Marita schüttelte verständnislos den Kopf und ließ es dabei bewenden.

„Marita, ich könnte etwas trinken, mein Durst ist gewaltig."

„Oh nein, jetzt schon! Aber halt, hier gibt's warmen Tee – das ist das Beste bei den Temperaturen."

Ich durfte also feststellen und bestätigen, was alle sagen: Nichts löscht den Durst in der Hitze besser, als warmer Tee. Stimmt, aber mein Wunsch nach etwas Kühlendem blieb trotzdem erhalten. Ich verschob es auf später, diesem Drang nachzugeben.

Nun könnte ich den langen Marsch durch diesen Basar beeindruckend schildern oder über das eine oder andere Erlebnis berichten, aber ich spare mir diese Sache und konzentriere mich auf unerhörte „Nebensächlichkeiten".

Eine davon machte mir klar, dass wir im Basar auf eine gaaaanz große Familie trafen. Alle gehören zusammen.

An einem Stand legte ein Händler meiner Marita ein wunderschönes Halstuch um und meinte, dass es nur für sie gemacht worden wäre. Wir liefen einfach weiter und nach etwa fünf oder sechs Verkaufsständen war der Händler müde vom Überzeugen, nahm das Tuch und legte es am siebten Stand auf einen Haufen anderer Tücher, verschwand im hinteren Ladenteil und kam mit einem weitaus schöneren Tuch zurück. Marita konnte nicht widerstehen.

Dieses große Wasserbecken am Eingang der Stadt hätte ich ja gerne für mich als Schwimmbecken umfunktioniert.

Beladen mit Datteln, wie noch nie im Leben zuvor, habe ich den Bus wieder erreicht. Wer soll bloß diese Menge Datteln essen? Auch wenn sie noch so gesund sind? Ich saß im Sitz und träumte von ..., na was schon? Marita betrachtete alle ihre feilschend erstandenen Kleinigkeiten, und war stolz auf ihre Eroberungen, ihre „Schnäppchen" vom Basar.

In der Sitzreihe hinter mir sagte ein Mann zu seiner Frau:

„Mutti, hast du gedacht, dass uns der Händler wieder erkennen würde?"

„Nein, bestimmt nicht. Außerdem muss das doch mindestens zwei, wenn nicht gar drei Jahre her sein, dass wir auf diesem Basar waren."

„Tolle Menschen – und ein Gedächtnis."

„Ich fand auch toll, dass er uns das Bild sogar 60 Dinar billiger gegeben hatte", meinte Mutti.

Ich war geplättet, denn das funktioniert ja tatsächlich. Da haben die Händler die Psychologie des Handelns begriffen. Als ich mich neugierig umblickte, zeigte die Frau mir stolz das Bild. Gut, dass Marita nichts gesagt hat und unser Bild verpackt ließ. Es war das gleiche. Richtig neugierig fragte ich nach dem Preis für das tolle Stück. Mir blieb die Spucke weg, denn unser Bild kostete noch mal 40 Dinare weniger.

Marita hatte gut gehandelt, obwohl der Händler uns bestimmt nicht kannte. Und ich unterließ es nachzufragen, wer noch wieder erkannt wurde.

Und mit dem Mann hinter mir konnte mich der Händler nicht verwechselt haben, da trennen uns doch einige Kilo.

Die laufende Klimaanlage brachte meine Lebensgeister wieder zurück, und ich lehnte mich zufrieden in meinen Sitz. Den Weg zur nächsten Oase, dem nächsten Hotel, quer durch den großen Sandkasten, hatte ich vor zu verschlafen.

Marita schien diese Bummelorgie im Basar gut getan zu haben. Sie war völlig aufgekratzt und kaute zufrieden Datteln. Die Kerne legte sie in die Ablageschale neben sich – meine geöffnete linke Handfläche.

Als wir die Oase erreichten, war es bereits dunkel und ich war ausgeschlafen. Fit für die Hotelbar und ein ersehntes kühles Pils.

An der Bar fehlten mir meine „Schnapsbrenner", die in Sfax geblieben waren.

Ich wollte ein wenig Luft schnappen und ging nach draußen an den Teich des Hotels, von Palmen umschlossen. Ein Junge, vielleicht so 15 Jahre alt, kam auf mich zu und sprach mich an.

„Hast du einen Dinar?"

Da wir an der Bar im Hotel nicht zahlen müssen, hatte ich kein Geld einstecken.

Die Kosten werden aufs Zimmer geschrieben. Aber in der Hosentasche fand ich ein paar Münzen.

Einen Euro, eine zwei Euromünze und zwei 50-Centstücke, von denen ich dem jungen Mann etwas geben wollte. Aber er zeigte sofort auf die 2 Euro. Von soviel Dreistigkeit abgestoßen, wollte ich aber nur die beiden 50-Centstücke abgeben.

„Arschloch!", dann war er auf und davon.

Ich hatte keinen Durst mehr und legte mich etwas verärgert zum Schlafen. Marita träumte bereits von angenehmeren Dingen.

Der nächste Tag war für einen Besuch in Sousse vorgesehen, der Perle des Sahel, mit der malerischen Medina (was so viel wie Altstadt bedeutet), in der es auch das Restaurant gibt, in dem wir den Couscous erleben sollten.

Ein Erlebnis der ganz besonderen Art. Nach Auskunft unseres Busfahrers und auch des Reiseleiters, gehen dort eigentlich nur Einheimische essen.

Da wir stets sehr westlich gespeist haben und bewirtet wurden, war das eine außerordentlich willkommene Abwechslung, ganz nach meinem Geschmack. Apropos Geschmack – das Gericht aus Mais oder Weizen mit Gemüse und Hammelfleisch, meistens jedenfalls, war ja vom Namen her nicht unbekannt. Es soll eine landesübliche Delikatesse sein. Ich jedenfalls freute mich darauf.

Die Fahrt von Kairouan nach Sousse, an Orten vorbei, die nach dem Versuch sie auszusprechen, bei manchen eine Lähmung des Kiefers verursachen, hießen: Sidi El Hami, Thuburbo Majus, Zaouia Sousse, Kalh Seghira, Kisbet Medionui und ähnlich. Den Namen des Lokals wollte ich erst gar nicht versuchen auszusprechen.

Mir ging es eher um Couscous. Wenn Marita das Wort mit spitzem Mund aussprach, meinte sie etwas ganz anderes.

Die drittgrößte Stadt Tunesiens zog uns in ihren Bann. Die große Moschee, die Katakomben, das Museum in der Ribat.

Dann nahmen wir Anlauf für unseren Couscous und setzten unseren Fuß in das Innere des Restaurants. Allen Schnickschnack, den der Orient zu bieten hat, nahmen unsere Augen auf. Teppiche, soweit das Auge reichte.

Ein bisschen roch es nach unserem orientalischen Teppichhändler zu Hause, allerdings war es hier mit den orientalischen Gewürzen und dem Couscous vermischt.

Mir tat unser älterer Herr leid, der weder Hörgerät noch Brille hatte. Riechen konnte er noch. Sehen war nicht so unbedingt wichtig, das konnte ich selbst fast nicht. Der große Saal war nämlich ziemlich dunkel und zu meinem Entsetzen gab es keine Tische und keine Stühle, was mir etwas Sorgen machte. Meine Beine taten mir bereits bei dem Gedanken weh. Tische, so flach wie Elefantenhocker und weiche Kissen drum herum. Ich dachte an etwas anderes, beim Gebrauch der Gegenstände.

„Marita, denkst du auch, was ich denke?"
„Du bist unmöglich. Jetzt essen wir erst einmal."

Warum muss alles immer nach den Vorstellungen der Frauen gehen?

Unser Reiseleiter bat jeweils sechs Personen an einen Tisch. Ich suchte mir das dickste Kissen und faltete die Beine wie zum Yoga.

Und das bei meinen 1,90 m. Der Krampf, der meine Beine langsam erfasste, übertrug sich auch schon auf den Schluckmuskel.

Ich bat Marita, um mich bis zum Essen noch ein bisschen zu bewegen, den Tisch verlassen zu dürfen. Aber als ich mich erheben wollte, kam schon ein „Beduine" mit einer riesigen runden Metallplatte, und blickte mich dermaßen fremdartig an, dass ich mich augenblicklich wieder aufs Kissen fallen ließ. Und das Geräusch veranlasste meine Tischnachbarn, auch etwas fremdartig zu blicken.

„Bei meinem Kissen geht wohl die Luft raus", sagte ich laut und verständlich in die Runde.

„Ganz besonders bei der Füllung aus Wolle und Federn", sagte Marita, mir sehr hilfreich zur Seite stehend.

Dass ich meinen Couscous auch noch ohne Messer und Gabel, sondern auf Landesart mit den Fingern, zu mir nehmen musste, steigerte meinen Appetit nicht sonderlich. Ein Grund, weshalb ich zu Hause nie Hähnchen am Grillstand esse.

Ich formte Kugeln aus Reis, Mais und Gemüse, aber ich hatte das Gefühl, dass das Parfum meiner Tischnachbarin mit eingerollt war. Von Gabriela Sabatini oder so ähnlich.

Ich war ganz aufgelöst vor Freude, dass große Schalen mit Zitronenwasser zur Reinigung der Hände gereicht wurden.

Meine Lust am Essen nahm immer mehr ab, und ich labte mich an dem ausgezeichneten Portwein aus tunesischer Winzerkunst.

Zu meiner Überraschung leerte sich die Platte mit den Speisen auch ohne meine Mithilfe.

Die Arme, besonders die der Frauen, schnellten immer wieder pfeilgleich in die Tischmitte auf die Speisenplatte, um Fleisch zu schnappen und die Stücke mit den Couscous-Kugeln zu verkneten.

In einer Ecke des Restaurants saß das vierköpfige Musikcorps und verwöhnte noch zusätzlich unsere Ohren.

Neidisch blickte ich zu dem älteren Herrn am Nebentisch, der von alledem nicht sehr viel mitbekommen hatte und unbefangen lächelte. Hörgerät weg – Ohren zu und von der Frau mal hier mal da ein bisschen gereicht zu bekommen.

Seine Frau reichte ihm nur Dinge, die er auch essen wollte. Genüsslich schleckte er seine von Fett triefenden Finger ab.

Das Restaurant war inzwischen bis aufs letzte Kissen besetzt, und die großen Deckenventilatoren bemühten sich, den Leuten frische Luft zu verschaffen, was aber wohl nicht so richtig gelingen wollte, wie sonst ist es zu verstehen, dass die Herren mit ihren Taschentüchern ihre Gesichter,
im Takt der „Beduinencombo", von Feuchtigkeit befreien mussten.

Ich selbst spürte, wie kleine Rinnsale, von den Haarspitzen an den Ohren vorbei, in den Nacken ihren Weg suchten.

Nichts wie raus, war mein einziger Gedanke.

Mit etwas steifen Beinen versuchte ich, nach dem Abenteuer Essen, den Weg nach draußen zu finden. Ganz langsam richtete ich mich zur vollen Größe auf. Davor aber, bis es soweit war, schlug ich noch mit der Kniescheibe gegen die oberste von vier Treppenstufen.

Glücklicherweise war auch Marita mit schnellen Schritten auf dem Weg durch die gastlichen Räume. Vor dem Restaurant schaute sie mich dann mit spitzem Mund an:
„Couscous – war doch toll, oder?"

Mit ziemlich knurrendem Magen verbrachte ich diese letzte Nacht der Tour. Ich schwor mir, dass ich das Frühstück am nächsten Morgen zu einem Festessen hochstilisiere. Ich werde meinem Gaumen alles bieten, was ich am Buffet finden kann. Er soll entschädigt werden für die einzigartige Zurückhaltung beim Couscous in Sousse.
Zu später Stunde trafen sich einige Teilnehmer der Tour noch zu einem Drink an der Hotelbar. Da brachte einer aus Memmingen, Allgäuer Urgewächs, ein Erlebnis vom Tage zum Besten.

„Wir waren gerade auf einem großen Platz in der Medina, das ist die Innenstadt, wisst ihr" – natürlich wissen wir – „also ich auf der Platzmitte; da fängt's an zu drücken.
Das Bier, wisst ihr!" – natürlich wissen wir – „wo sollte ich da so schnell hin? Da habe ich vor der Moschee so ein kleines Häuschen gesehen, wo nur Männer rein und raus sind. Das öffentliche WC – ich rannte los. Ich rein gerannt, Hose schon aufgemacht ..., aber wisst ihr, was das war?"

Nein, das wussten wir jetzt nicht.

„Die haben sich alle nur die Füße gewaschen. Mit dem Druck, der mir schon in den Kopf stieg, bin ich fast in Panik wieder raus gerannt."
Keiner wollte so richtig darüber lachen, konnte doch jeder dem armen Mann nachfühlen und auch ein bisschen von dem Druck spüren.

„Das ist ja ein Horror", sagte einer plötzlich, „wie hattest du denn das überstanden? Feuchte Hose oder was?"

„Ach was. Ich habe mich etwas abseits auf eine Treppenstufe gesetzt, habe meinen Freund seitlich aus der Shorts rausgucken lassen und selbst etwas gelangweilt in die Gegend geguckt. Als er fertig war, war schon alles durch die Fugen im Steinbelag versickert – oder abgetrocknet. Egal. Ich war erleichtert. Ab da habe ich die Moschee als ein ganz wundervolles Gebäude empfunden. Und meine Füße habe ich mir auch noch gewaschen."

Alle waren nun ebenfalls erleichtert, ob des guten Ausgangs, und lachten doch noch herzhaft über dieses Erlebnis.

Mit vielen neuen Eindrücken von Land und Leuten, waren wir am nächsten Abend wieder in unserem Hotel in Sfax gelandet. Noch drei Tage der Erholung lagen vor uns. Als wir durch die Hotelhalle wandelten, bemerkte meine Marita: „Schau, deine Einstiegsalkoholiker warten schon auf dich!"

Sie standen tatsächlich, mit einem Glas in der Hand, grinsend in einer Ecke der Hotelhalle. Dazu hielten sie sich einen kleinen Tannenzweig, mit einem Kerzchen drauf, vor den Bauch.

Die Erholung nahm am nächsten Tag sichtbar Formen an. Marita dekorierte ihren Körper in die Sonne am Strand, ich für meinen Teil konnte dem Schatten am Pool, direkt auf einem ungeheuer bequemen Hocker an der Bar, mehr abgewinnen. Meine zwei „Freunde" machten mir das erholsame Alleinsein schwer und brachten immer wieder Neues und Wissenswertes über Weinherstellung und Schnapsbrennen an den Mann, respektive an mich.

Da war es eine willkommene Abwechslung, dass Marita vom Strand kam.

Sie erklärte, dass wir am vorletzten Tag noch einen kleinen Ausflug in die Umgebung machen.
Genauer gesagt, wir wollten zum Kamelreiten. Und der Gehörlose ohne Brille war auch mit von der Partie. In seinem Zustand konnte man ihm wohl alles antun.

Der Ausflug führte uns in die Nähe von Agareb, westlich von Sfax, am Flugplatz vorbei, wo ich sehnsuchtsvoll den startenden Maschinen hinterher blickte. Nicht, dass mir der Urlaub missfallen hat, aber ich war der Meinung, dass es reicht.
Außerdem fehlte mir so langsam das Flair, das sich zu Weihnachten bei uns verbreitet. Der Duft von Glühwein und Zimt, der Stollen zum Kaffee und vieles mehr. Von der weihnachtlichen Musik ganz zu schweigen. Ohne dass man sich's versah, war man wieder inmitten des großen Sandkastens.
Oft in den vergangenen Tagen verfestigte sich der Eindruck, da hatte ein Mann zu Weihnachten einen Bagger oder eine Raupe geschenkt bekommen, und baggerte und schob wahllos Sandberge zusammen.
Hier mal einen und dort mal einen. Dieser Mensch musste die Raupe monatelang benutzt haben.
Auf dieser kurzen Fahrt von Sfax in Richtung Landesinnere fiel mir noch etwas auf, was ich mir bis dahin zu erklären versuchte, aber eine plausible Erklärung dafür nicht finden konnte.

Immer wieder sieht man Plastiktüten, Zeitungsseiten, Bindfäden etc., wie Christbaum-schmuck, an Palmen und anderen stacheligen Gewächsen hängen. Niemand nimmt davon Notiz. Nun glaube ich zu wissen, warum das so ist.

Die Müllentsorgung der Städte wird etwas außerhalb am Straßenrand erledigt. Der Wind trägt vieles fort, ein Teil wird von den hungrigen Feneks beseitigt.

Der Rest wird vom Sand bedeckt. Würde man die Plastiktüten wieder einsammeln und entsorgen, der Wind brächte sie wieder zurück. Also bleiben sie hängen. Faszinierend an dieser Situation ist, dass es niemanden gibt, der sich aufregt oder etwas an der Situation ändern will.

Über meinen Gedankengängen bemerkte ich gar nicht, dass wir Agareb erreicht hatten. Die Kamele und ihre Pfleger oder Treiber warteten bereits auf uns. Eigentlich heißen diese unentbehrlichen Tiere, in ihrer ausdrucksvollen Gleichgültigkeit dreinschauend, Dromedar.

Mein Blick wanderte erstaunt über die unendliche Weite dieser Hügellandschaft aus Kamelrücken.

Ich übertreibe bestimmt nicht, wenn ich, ohne gezählt zu haben, mich auf eine Zahl 100 festlege.

Mein Nachbar aus dem Hotel, dieses Allgäuer Urgestein, blickte mich mit weit aufgerissenen Augen und einem verzerrten Gesicht an, als ob er sich übergeben müsste.

Er war ein Geruchsfanatiker, dem es schon gegen den Strich ging, wenn an der Hotelbar der Chlorgeruch vom Pool durch den leichten Wind in die Nase geweht wurde. Und nun stand er mitten in der schnaubenden und prustenden Kamelherde. Eine Vergewaltigung seines empfindlichen Riechorgans. Es war aber auch wirklich penetrant.

Ich empfand dieses ständige Schnauben der Kamele, wobei die Oberlippe diese Flattergeräusche verursachte, als viel bemerkenswerter. Bei ungefähr der Hälfte aller Tiere immer gleichzeitig – eine imponierende Geräuschkulisse.

Meine Bemerkung an ihn, dass man 1000 Nasen haben möchte, und keine davon verstopft, brachte keine Veränderung in seinem verzerrten Gesicht. Dabei hatte ich einen Scherz machen wollen.

Obwohl diese Kamele immer stur geradeaus zu blicken schienen, hatte ich das Gefühl, dass sie einen mit den Augen trotzdem verfolgten. Etwas unheimlich.

Der Allgäuer Nachbar hatte sich bereits abgesetzt und sich zu ein paar Einheimischen an die Safttheke der Wüstenbar begeben.

Ich glaubte erkennen zu können, dass er sich ein Getränk ständig unter die Nase hielt. So wie ein Riechfläschchen. Verrückter Kerl.

Mitten in die Gedanken an ihn, wies man mir ein „Wüstenschiff" zu.

Noch nie im Leben saß ich auf so einem Reittier.

Die bunt gestreiften kleinen Teppiche auf deren Rücken förderten etwas das Gefühl von Gemütlichkeit.

Vor mir half ein Beduine meiner Frau aufs Dromedar und hinter mir bestieg ein etwas beleibter Däne ein Tier – armes Dromedar.

Bevor es losging, sagte mir der Kamelführer noch, dass ich mich gut festhalten solle, während das Kamel aufsteht. Das war auch notwendig, denn erst einmal kniete es sich auf die Hinterbeine und ich wurde im Sitz nach vorne gebeugt. Als es die Vorderbeine aufstellte, riss es mich wieder nach rückwärts.

Eine noch stärkere Bewegung nach vorne gab es, als das Kamel sich dann auf die Hinterfüße stellte. Mich hätte es fast nach vorn über den Hals des Kamels gelegt. Einem Reiter weiter hinten muss es wohl so ergangen sein, denn seine Baseballmütze mit der Aufschrift „Star Bulls Rosenheim" flog, vom Wind getragen, an mir vorbei.

Als mein Tier dann endlich auf vier Beinen stand, war alles überstanden. Für den Blick seitlich nach unten empfiehlt es sich, schwindelfrei zu sein.

Die gesamte Prozedur hatten natürlich auch alle anderen, auch meine Marita, über sich ergehen lassen müssen.

Die plötzlich aufgetretene Unruhe und das Geschrei der Kameltreiber verband ich mit dem Start der Karawane.

Als aber die schon stehenden Kamele die ganze Prozedur in umgekehrter Reihenfolge wieder begannen, um sich zu legen, sah ich etwas weiter hinten das Malheur.

Unser Gehörloser ohne Brille ist aus seinem Sitz gefallen, als das Kamel sein „Aufstehzeremoniell" begann.

Der alte Herr hatte nicht bedacht, dass es im Sitz zweimal noch vorne geht. Nun lag er regungslos auf dem Sand der Wüste.

Helle Aufregung bei allen Mitreisenden, hatte man doch bis dahin die ehrenvolle Aufgabe übernommen, alle Bewegungen des alten Herrn zu beobachten, um im Ernstfall sofort eingreifen zu können. Und das klappte auch bis zu diesem Zeitpunkt ganz prima.

Nun dies. Überraschend war, dass ein Krankenwagen innerhalb von fünf Minuten vor Ort war.

Der muss irgendwo hinter einer Palmengruppe geparkt haben; weil das vielleicht öfter passiert?

Der alte Herr wurde eingepackt und ins Krankenhaus nach Sfax zum Röntgen abtransportiert. Die Lust am Kamelreiten war allen vergangen und unser Bus brachte uns ebenfalls wieder zum Hotel.

Im Bus erzählte mir ein anderer Mitreisender, wie es einem Freund ein Jahr zuvor ergangen war. Aber vielleicht wollte er auch seine eigene Geschichte loswerden.

„Da ist mein Bekannter auf dem Kamel gesessen, und plötzlich rannte es los. Genau auf einen Baum zu. Ein gewaltiger abstehender Ast war genau im Weg und in Brusthöhe des Kamelreiters.

Er brüllte das Kamel an: Links – links – oder halt, du Mistvieh. Aber es rannte einfach weiter, unter dem dicken Ast durch.

Mein Bekannter hing an dem starken Ast, das Kamel unter ihm war weg. Tolle Geschichte, was?"

Da keiner der Reisenden darüber lachen wollte, blieb er bis ins Hotel still. Ohne weitere Geschichten sind wir dort angekommen. Unser Durst wirkte an der Bar wie eine Bremse. Kein Bein bewegte sich an dem Tresen vorbei. Dann diskutierten einige, wie man den Sturz des alten Herrn hätte verhindern können.

Nach zwei Stunden kam seine Ehefrau an die Bar und berichtete, dass ihr Mann ein paar blaue Flecken und eine angebrochene Rippe hätte, es ihm sonst aber gut gehe, und man mit dem normal gebuchten Flug wieder die Heimreise antreten könne.

„Was für ein Pechvogel", sagte Marita, und damit sprach sie aus dem Herzen aller. Damit bloß nichts mehr passieren kann, die letzten Stunden in Tunesien, fuhr der alte Herr im hoteleigenen Rollstuhl zu uns an die Bar.

Der Beifall der Umstehenden, mit aufmunternden Worten, sollte dem Herrn Mut machen.

Sogar der Barmann kramte sein bestes Deutsch hervor und sagte zu dem alten Herrn: „Das Personal freut sich über den glimpflichen Ausgang des Kamelreitens, und wir laden sie für die restliche Zeit ihres Urlaubs ein, Drinks als unser persönlicher Gast zu bestellen."

Der Beifall kam von allen, nur nicht vom Gehörlosen ohne Brille. Er hatte nichts verstanden, seine Frau musste es ihm erst laut ins Ohr flüstern. Ein arabisches Sprichwort sagt: Der Weg zum Herzen führt über das Ohr!

Hier kam es zur Anwendung.

Den letzten Abend im Hotel verbrachten wir mit den meisten Urlaubern im Restaurant und der angeschlossenen Bar. Es ging laut und lustig zu.

Trotz der sonst üblichen getragenen Weihnachtsstimmung. Bei „Jingle bells" tauschten einige die Adressen, die dann sicher irgendwann im Altpapier landen.

Der Schnapsbrenner, den ich im Hotel getroffen hatte und der über die zwei Wochen ein ständiger Begleiter wurde, sagte noch ganz traurig, den Blick ins Glas gesenkt: „Da bekommt dieser alte Herr an der Bar alles umsonst - und was trinkt der? Nur Sprudel, Eggi. Stell dir vor, nur Sprudel – nur Sprudel!"

Der Schmerz von Otto war fast nicht zu ertragen und ich bestellte ihm einen starken Drink zum Abschied, als Revanche für den ersten Abend an der Bar. Er nahm dankend an und trank.

... ... „nur Sprudel, Eggi – nur Sprudel!"

Er sprach sehr stockend. Er weinte fast, mein Freund, der Hobby-Schnapsbrenner.

Auf dem Flug nach Hause hatten wir zwar das Weihnachtsfest schon hinter uns, aber nicht so richtig gefeiert. Das ging allen Mitreisenden so.

Die Umgebung und die vielen Eindrücke verhinderten die nötige Stimmung. Wir wollten es auf jeden Fall nachholen und freuten uns darauf.

Und unser beider kleines Weihnachtsgeschenk für den anderen stand ja auch noch aus.

Ein Glühwein in der Schonung

Eine ganz normale Weihnachtsgeschichte, die sicherlich in vielen Familien ihren Ursprung haben dürfte. Die jährlich wiederkehrende Qual der Wahl, den richtigen Weihnachtsbaum zu finden.

Ein Vater aus Leisenwald – es gibt ihn wirklich, diesen Ort - musste sich dieses Erlebnis, bei einem Becher Glühwein, einfach von der Seele reden.

***

Der 20. Dezember – Rollladen hoch – Regen!
Als ich selbst noch ein Kind war, haben wir um diese Zeit den Schlitten mehr gebraucht, als unsere Gummistiefel und die Regenjacke.
Trotz fehlendem Schneefall wird mit Freude der Baum selbst geschlagen. Es hat den Vorteil, dass die Bäume ganz frisch sind. Und der Spaß, den die ganze Familie dabei hat, sollte nicht vergessen werden. Außerdem – wer will denn einen belgischen oder holländischen Weihnachtsbaum im Zimmer stehen haben, der kurz nach dem Aufstellen schon die Nadeln verliert und eine Art Waldboden auf den teuren Teppich zaubert.
Nach vollbrachter Arbeit gibt's einen Glühwein am Lagerfeuer. Man merkt sogar den Regen nicht mehr so doll, und es stellt sich so ein bisschen das Gefühl ein, dass nun doch Weihnachtszeit und bald Heiligabend ist.
Es ist alles freundlich umher, die Sorgen treten in den Hintergrund und auch die Gespräche unter den „Baumfällern" finden in getragener Form und ehrfurchtsvoller Atmosphäre statt.
Wenn da nicht ... - ja, wenn da nicht die jährlich wiederkehrende Qual der Wahl wäre. Die Wahl des geeigneten Weihnachtsbaums.

Ihn zu finden wäre an sich noch nicht das Problem, aber die unbedingte und absolut notwendige Teilnahme meiner Anke.

Ein schöner Brauch zudem ist es, dass wir ein Fotoalbum angelegt haben und es ständig pflegen. In ihm werden die Bilder aller Weihnachtsfeste seit Bestehen der Familie eingeklebt. Daran erkennt man, wie oft man schon in seinem Leben durch die Schonung getänzelt ist.

An dem Wunsch zu ständig größeren Tannen und dem Trend zu elektrischen Kerzen, sowie dem zunehmend bunteren Schmuck in waghalsigem Design, sieht man auch, wie die Zeit vergeht.

Natürlich wird der geschmückte Christbaum jedes Mal in seiner ganzen imponierenden Schönheit festgehalten. Mit dem viel sagenden Untertitel: Vorher – nachher.

Die stets wiederkehrende Frage: „Wo ist der Fotoapparat?", stellte ich, schon traditionell, auch in diesem Jahr wieder. Ich wusste genau, dass der Fotoapparat nach dem Sommerurlaub von mir an der Stelle im Bücherregal platziert wurde, den ich speziell dafür aussuchte.

Meine Suche dauerte bereits zehn Minuten, was natürlich meiner Frau und Tochter Julia nicht verborgen blieb.

Als ich in meiner Verzweiflung anfing, bereits in den Geschirrschrank zu sehen, fragte meine Frau:

„Was suchst du da eigentlich?"

Allein diese Frage ist eine grobe Herausforderung.

„Tja, eigentlich wollte ich, wegen Weihnachts-baumbildern, vielleicht den Fotoapparat?"

Da geht meine Frau sehr zielstrebig an ihren Nachttisch, sieht in die untere Ablage und sagt gelangweilt: „Da liegt er doch!"

„Vor einigen Wochen lag er aber noch im Bücherregal."

„Seit ein oder zwei Wochen aber schon hier. Erinnere dich bitte, dass wir vor zwei Wochen, als Tante Minchen ihr Gipsbein bekam, alle unsere Namen drauf schrieben. Und das hast du im Bild festgehalten.

Dann hast du noch Julia aufgenommen, die Bauchschmerzen hatte und so ein ulkiges Gesicht machte. Und da hast du den Fotoapp ..."

„Warum sollte das ein Grund dafür sein, den Fotoapparat nicht wieder ins Bücherregal zu legen?"

Darüber eine plausible Antwort zu erwarten ist so, als ob man darauf wartet, dass die Heiligen drei Könige höchst persönlich an der Tür klingeln. Was soll's, unserer Jagd nach dem geeigneten Weihnachtsbaum konnte nun nichts mehr im Wege stehen. Und immer noch regnete es.

Zum diesjährigen Streifzug durch die Schonung habe ich Julia mitgenommen. Auch sie ist eine Freundin schneller Entschlüsse und sicherlich eine große Hilfe. Mein Sohn Tobias, obwohl etwas älter als Julia, hält sich da immer vornehm zurück, er findet es unwürdig, wenn wir durch die Schonung streifen, um einen Weihnachtsbaum zu suchen.

An dem Tag hat er für sich entschieden, den Christbaum-ständer vorzubereiten. Eine verantwortungsvolle Aufgabe und vor allem sehr zeitintensiv.

Was immer man da machen muss, es wurde seine Aufgabe. Eine clevere Entscheidung für die nächsten Jahre. Beneidenswerter Einfall.

Die Fahrt bis zum Waldstück bei Hitzkirchen, mit laufendem Scheibenwischer, macht so depressiv, dass man die letzten zweihundert Meter nur schafft, weil das mit dem Baum eben sein muss.

Das Lagerfeuer und die Schafe sind schon von weit zu erkennen. Aber die mögen sich im Regen auch nicht bewegen und stehen Mitleid erregend unter einem Schutzdach.

Ich bin also diesmal mit großer Hoffnung, dass alles schnell entschieden wird, auf dem Weg zur Schonung. Dass aber diesmal alles anders, alles viel schlimmer kommen würde, so ziemlich dicht an einer Katastrophe, daran hätte ich nicht einmal im Traum gedacht.

„Papa, schließ die Autotür bitte ab!"

„Warum? Wir sind doch hier halb im Wald, an einer Schonung, und holen nur einen Baum."

Julia hat immer Angst, es könnte jemand ihren Walkman vom Rücksitz nehmen, auf dem sich Musik befindet, die den Namen nicht verdient.

Sie teilt meine Meinung natürlich nicht. Für mich ist es etwas wie eine Vergewaltigung der Ohren, eine Verunglimpfung der großen Komponisten.

Ich weiß, dass das ziemlich subjektiv ist, aber ich übe etwas Distanz zu solcher Musik, die nur kurzer Beliebtheit unterworfen ist.

Zur Weihnachtszeit brauche ich mehr etwas fürs Gemüt.

Julia ist der Meinung, dass Weihnachtslieder von Freddy Quinn nur unter erschwerten Bedingungen in verstaubten Archiven zu finden wären.

Und wahrscheinlich würde das Abspielen solcher Musik sogar unter Strafe stehen. Über so eine Bemerkung dachte ich erst gar nicht weiter nach.

Bergan im rutschigen Gras, es regnete noch immer, sind wir am Ziel angekommen. Rund ums Lagerfeuer hat der Bauer Tannenzweige gelegt, die es verhindern, dass man tief in den Boden einsinkt.

Dass meine Schuhe inzwischen trotzdem mit Schlamm verkleidet sind, bringt meine Stimmung etwas ins schwanken. Und dabei bin ich gerade erst aus dem Auto gestiegen. Meine diesbezüglichen Bemerkungen quittiert meine Frau immer mit Augen verdrehen, und kommt mit anderen Überraschungen daher.

„Liebling, hast du die Säge dabei?"

„Natürlich, wie könnte ich die vergessen?"

Anke hat immer eine Frage auf Lager, die sie dann stellt, wenn der Käse bereits gegessen ist.

„Und wo soll die liegen, Papa?"

Meist schließt sich eine Frage der Tochter nahtlos an die von Anke an.

„Im Kofferraum, Julia!"

„Im Kofferraum! Da sehe ich ein Warndreieck – Verbandskasten – leere Flaschen – Abschleppseil – eine Wolldecke ... – ist das ein gebogenes Rohr, rot angemalt?"

Die Erklärungen technischer und handwerklicher Geräte entwickeln sich immer wieder zum Erlebnis.

„Das nennt man eine Stahlbügelsäge, Julia. Und das gebogene Rohr gibt es auch in Gelb."

„Dann ist die aber nicht dabei!"

Ich befürchtete dies bereits, denn der Satz meiner Frau:

„Wir müssen noch einen Weihnachtsbaum aussuchen", lässt augenblicklich meine Konzentration schwinden. Und nun fehlt das wichtigste Utensil. Ich war vor Freude fast aufgelöst, als ich den Fotoapparat gefunden hatte, und nun dies.

„Na ja, ich glaube, wir können uns hier auch eine Säge leihen, wenn's sein muss."

Wenigstens hatte ich meine Arbeitshandschuhe dabei. Denn ohne die kämen meine Hände nicht freiwillig aus der Hosentasche.

Diese Nerven aufreibende Suche nach einem geeigneten Baum zieht mich immer wieder in ihren Bann. Gleich am Anfang der Schonung, ich hatte tatsächlich eine Säge bekommen, stand ich vor einem Prachtexemplar, gerade gewachsen und fast zwei Meter hoch.

Am liebsten hätte ich die Säge angesetzt, denn der Glühwein, traditioneller Lohn nach erfolgter Arbeit, dampfte bereits.

„Schatz, das ist er doch. Wunderbare Etagen, gut gewachsen, die tolle Farbe der Nadeln, die Gleich-mäßigkeit muss an einem solchen Baum, an diesem Baum, entdeckt worden sein!"

„Mama, guck mal – wie ist denn der?"
Man hatte mir gar nicht zugehört.

„Julia, der hat ja zwei krumme Spitzen. Eine muss weichen, dann steht der Stern aber schief, den du noch oben anbringen willst."
Die Hoffnung, rasch einen Glühwein zu bekommen, zerschlug sich mal wieder.

Obwohl ich sprungbereit in geringer Entfernung dastand, mit einem prüfenden Blick auf das Sägeblatt gerichtet, wie es nur geübte Heimwerker können, tat sich eine Weile recht wenig.

„Seht mal hier", rief ich.

„Der verschwindet ja in der Wohnzimmerecke", sagte meine Frau.

„Gefällt dir dieser hier, Mama?"

„Eigentlich nicht, allerdings ist er schön dicht gewachsen. Leider ist aber in der Mitte am Stamm ein Knubbel."

„Meint ihr denn, der Knubbel ist zu sehen, wenn Kugeln, Kerzen, Lametta, Engel, Pferde und Rentiere, Schlitten mit Päckchen drauf und Glaskettchen die Zweige zieren?"

Der Blick meiner Frau verhieß nichts Gutes.

„Ich sehe den Knubbel", sagte sie endgültig, „und fang bloß nicht an zu drängeln, Liebling. Du bist schon wieder so seltsam unruhig. Wir sehen uns den Baum schließlich 14 Tage lang an."

Das hat was. Neidisch blickte ich auf einen Familienvater, der mir, mit einem Baum unterm Arm, durch die Schonung entgegenkam.

Er grinste richtig mitleidig, denn er kam eine Weile nach uns in die Schonung: „Na, Nachbar, noch nichts gefunden?"

Wir waren zwar weitläufige Nachbarn, aber ich sehe den Kerl vielleicht ..., wahrscheinlich nur vor Weihnachten, in der Schonung. Am liebsten hätte ich seinem Baum zwei stramme Äste aus der Mitte raus geschnitten.

„Frohe Weihnachten!" Weg war er. Der Duft von Glühwein kam mir durch die Tannen entgegen. Eine Folter für die Geschmacksnerven der Zunge.

Inzwischen benutzte ich die geliehene Bügelsäge als Spazierstock. Die Bäume waren alle zu niedrig, zu hoch, zu dick oder zu breit. Zu dünn oder zu schmal, schief gewachsen oder hatten ungleich gewachsene Seiten, die Äste zu stark nach oben, nicht gleichmäßig genug – genug, es gab einfach keinen Baum, der unseren Ansprüchen genügte.

Ich wagte gar nicht, über einen von den um mich stehenden, ein Urteil abzugeben. Der Glühweingeruch wurde immer stärker.

Eine Gemeinheit, denn ich war momentan von dem kleinen Becher warmer Glückseligkeit so weit entfernt, wie der nächste Sandsturm von der Antarktis.

Ziemlich resigniert sind wir zum Ausgangspunkt zurückgegangen, um noch einmal ganz von vorn und konzentriert die Bäume zu begutachten.

„Irgendwie müssen wir den richtigen Baum übersehen haben", meinte Anke. Erst kurz vorm Glühwein, dann wieder weg vom Glühwein – dahinter steckt ein gemeines System.

„Mama, jetzt habe ich aber einen tollen Baum – kommt mal her!"

Oh, ich war auch gemeint. Diese Jubelarie von Julia war so stimmgewaltig, dass fast hinter jeder Tanne ein Kopf hochschnellte, neugierig, was da wohl besonderes passiert wäre.

„Helmut, da bist du doch vorhin auch schon vorbei gelaufen – hast du den nicht gesehen?"

Helmut tat mir leid. Bestimmt ein anderer Nachbar, den ich nicht kannte, fühlte aber mit ihm. Außerdem hatte er nur ein kleines Beil in der Hand. Na, ich weiß nicht. Julia und meine Frau liefen inzwischen begutachtend Kreise um den Baum. Erfreut erkannte ich ihn wieder.

Es war der erste Baum, den ich am Anfang vorstellen wollte, aber nicht gehört wurde. Jetzt musste ich mich taktisch verhalten und sagte nichts.

„Schluss, aus – es wird jetzt nicht mehr lange rumgesucht, der wird genommen – einen besseren gibt es hier doch nicht!"

„Siehst du, Mama, ich habe doch noch einen tollen Baum entdeckt", sagte Julia mit Stolz geschwellter ..., na ja, vielleicht im nächsten Jahr.

Ich hätte jetzt triumphierend sagen können, dass es der Baum war, den ich vor etwa einer Stunde bereits als Favorit entdeckte. Aber ich dachte da mehr an meinen Glühwein, den ich gleich in Händen halten würde. Ich genoss meinen Triumph ganz allein in einsamer Stille. Das zeichnet einen Mann aus, dass er etwas für sich behalten kann.

„Kann ich den jetzt absägen?", fragte ich ohne übersteigerte Begeisterung.

„Klar, Schatz, außerdem haben wir uns jetzt einen Glühwein verdient."

„Wir" sagte ich zu dem Baum, grinste ihn an wie einen alten Freund, und schritt zur Tat.

Dass ich dabei vor dem Baum knien musste, lag daran, dass die Zweige bis dicht auf den Boden hingen und ich den Stamm finden musste. Gras, von unten durch die Zweige gewachsen und wie verflochten mit dem Baum, musste erst einmal entfernt werden, sonst hätte ich den Stamm nicht einmal gesehen.

Und dabei kniete ich mich ausgerechnet in die ziemlich frische Losung eines Hirsches, der wohl Magenprobleme hatte – so dünn war alles. Warum wurde ausgerechnet meine Geduld so arg bestraft?

Schließlich war der Baum abgesägt, bezahlt und in einem Netz gebändigt, zum Abtransport an den Zaun gestellt.

Und endlich hielt ich meinen Glühwein in den Händen. Ich hatte natürlich bei dem Regen – zeitweise, zugegeben, ziemlich gefroren.

So nahm ich die Gelegenheit wahr, drei Becher dieses köstlichen Glühweins zu genießen. Meine Frau meinte natürlich, dass es so kalt nun auch wieder nicht sei.

Der große Tag

Am Heiligen Abend hatte ich kurz vor Mittag den Baum vom Balkon geholt, das Netz zertrennt, damit der Baum sich in voller Pracht entfalten konnte.
Als ich ihn in den Ständer stellen wollte, stockte mir der Atem. Er war es nicht. Es war ein anderer Baum. Ich hatte ihn, dort wo alle ihren Baum abstellten, vertauscht. Wie konnte mir das passieren? Glühwein? Drei Becher und schon betrunken? Ach was. Ich wagte gar nicht zu atmen.

Ich brachte den Baum ins Wohnzimmer, zur weiteren Bearbeitung, ohne mich großartig bemerkbar zu machen. Schmücken ist nicht mein Ding. Aber Julia und ihre Mutter waren da ganz große Könner.
Mit meinem scharfen kleinen Taschenmesser operierte ich den Stamm an drei Stellen und schnitt vorsichtig die vorhandenen Knubbel ab. Mit Blumenerde rieb ich die Stellen ein und machte sie dunkel, dass sie nicht mehr zu erkennen waren.
Nach zwei Stunden bin ich dann etwas besorgt ins Wohnzimmer gegangen, um mal nachzusehen, warum ich so lange nichts gehört hatte. Ich war auf böse und beleidigte Gesichter gefasst, auf eine weinende Tochter und entsetzte Ehefrau, und feilte schon an meiner Entschuldigung. Aber beide standen mit glänzenden Augen vor dem geschmückten Baum. Tobias lobte sich wieder selbst über den grünen Klee, da sich der Ständer wieder in tadellosem Zustand präsentierte.
Eine Änderung zum letzten Jahr konnte ich nicht feststellen. Nur sein Gesicht machte mir etwas Sorge, denn er blickte so fragend den Baum an.

„Ist der nicht schön geworden? Super, so alles in Lila - Papa, sag doch mal."

„Wunderbar – ihr seid richtige Künstler. Nie hätte ich gedacht, dass man aus einem Baum ..., wie diesem jedenfalls, so etwas Tolles machen kann."

Irgendwie sah ich mich bestätigt, dass der Schmuck die Schönheit des Baumes ausmacht, denn dieser hatte *mir* nicht mal gefallen – so im Rohzustand.

„Papa, jetzt müssen wir nur noch das Foto vom Baum machen."

„Und wo, bitte schön, ist der ...?"

Julia und meine Frau schlugen wie auf Kommando ihre Hände vors Gesicht.

Dieser Weihnachtsbaum war einer der schönsten in den vergangenen Jahren. Ob das im nächsten Jahr noch zu überbieten geht? Meine Angst, vor der Qual der Wahl, wird sich erst ganz langsam wieder aufbauen.

„Tobias, nächstes Jahr machen wir mal einen Jobtausch", sagte ich zum Sohnemann.

„Du wirst dich zum ersten Mal bei der Baumsuche bewähren, mit Julia und Mama. Dafür werde ich die anstrengende und verantwortungsvolle Tätigkeit der Baumständerpflege übernehmen."

Heruntergezogene Mundwinkel und gekniffene Augen waren nicht gerade der Ausdruck von Vorfreude.

... und achten sie bitte auf meinen Vorhang !

Das erste Weihnachtsfest in Freiheit jährt sich zum 20. Mal. Wenn die erste Kerze angezündet wird, erinnern wir uns regelmäßig an den Tag mit dem ersten Weihnachtsbaum in Freiheit.

Gestern bekamen wir Besuch von den Eltern, die es endlich schafften, unsere Fotoalben mitzubringen, in denen alle für uns wichtigen Fotos eingeklebt waren. Auch die Filme gab es alle noch.

Inzwischen sind die auf DVD überspielt und können gesehen werden, wann immer uns danach ist. Und peinlich ist es mir und Elke natürlich auch nicht mehr, denn wir amüsieren uns köstlich über die Bilder aus vergangenen Tagen.

Eines werden die Eltern nie wieder sagen müssen: „Pass bitte auf Elke auf – nimm bitte Elke mit!"

Das Jahr 1970 war ziemlich bescheuert. Knatsch im Betrieb, Knatsch mit den Eltern. Und alles nur, weil es mit der Freundin nicht so recht funktionieren wollte. Unsere Eltern verstanden die Welt überhaupt nicht mehr. Für sie war es unvorstellbar, dass Elke und ich nicht endlich ein Paar wurden. In dem besagten Jahr wurden wir beide 18 Jahre alt und feierten unseren Geburtstag gemeinsam, weil er nur zwei Tage auseinander lag. Ungeheuer praktisch.

Das mit dem Feiern war schon immer so, denn alle Geburtstage und kalendarischen Feste begingen wir gemeinsam, wie Geschwister. Wir wuchsen gemeinsam auf. Unsere Eltern hatten ihre Datschen nebeneinander.

Hatte sich einer von uns beiden verletzt, bekam der andere aus Solidarität zur gemeinsamen Schmerzbewältigung auch ein Pflaster oder einen Verband.

Solidarität war Staatsprogramm, das konnte ein junger Mensch gar nicht früh genug in sich aufnehmen, so wie Muttermilch.

Elke und ich suchten gemeinsam Ostereier, hatten Schmiere in den Haaren und saßen gemeinsam in einer kleinen Wanne, wenn uns die Mütter abends badeten, um den Dreck vom Tage zu entfernen.

Man legte uns sogar gemeinsam ins gleiche Bett, aber nur, bis wir uns wehrten, weil wir das nicht mehr verstanden haben und ... na ja, eben wegen ... dem halt.

Die ersten geernteten Erdbeeren wurden immer an uns verteilt, weil es nur wenige waren. Sie wurden uns einfach schnell in den Mund gestopft, damit wir nicht erkennen konnten, wer die dickeren süßen Früchtchen bekam. Vielleicht waren wir auch die Vorkoster, wegen unserer Luftverschmutzung, von der wir allerdings erst später etwas erfuhren.

Aber das unterstelle ich den Eltern nicht, die uns mit so viel Liebe versorgten.

Der Schweriner See grenzte an unsere Grundstücke und im Sommer lebten wir fast nur am See. Elke rannte, wie auch ich, nackt durch die Gegend. Es war so herzig – für die Eltern, Freunde und Verwandten. Später zeigten sie uns dann Bilder und kleine Filme, die Elkes Vater mit seiner Kamera gedreht hatte. Alles lachte, weil es angeblich so niedlich war. Da waren wir etwa 12 Jahre alt. Die Pubertät hatte uns beide fest im Griff.

Peinlich, peinlich, als wir diese Vorführungen in Freundeskreisen erleben mussten. Unsere Zunei-gung füreinander wurde da arg strapaziert.

Das sonst wärmende Gefühl und die Zuneigung, die wir spürten, wenn wir uns trafen, wurden auf eine ziemlich tiefe Temperatur heruntergekühlt.

Seit Sandkastenzeiten waren wir also befreundet, und wir mochten uns auch ganz doll.

Aber wir waren halt wie Bruder und Schwester, die sich nicht nur mochten, sondern auch gehörig zofften. Das hatten die Eltern aber nie mitbekommen.

Elke und ich waren Meister im Verschleiern. Sogar die aufkommenden Gefühle, in der Pubertät und in den folgenden Jahren normal, unterdrückten wir voreinander ganz selbstverständlich, weil doch in hohem Maße albern. Da waren wir uns ganz einig.

Es kam die Zeit, dass ich endlich meine eigenen Wege gehen wollte, also ausziehen von Zuhause. Was lag da näher, als ... – eben, Elke und ich sollten heiraten.

Denn nur dann war es möglich, eine Zweiraumwohnung zu bekommen. Ein eheliches Verhältnis war Grundlage für die eigenen Quadratmeter.

Außer Elke und mir, fand es auch jeder ganz normal, endlich unsere Situation mit den dazugehörigen Papieren zu festigen.

Dass wir gerade mal 21 Jahre alt waren, war nicht das Problem, denn sehr viele junge Leute suchten diesen Weg, um endlich allein leben zu können und nicht in den beengten Wohnungen mit den Eltern.

Waren wir zusammen, hofften wir schon manchmal, dass die Eltern endlich die Wohnung verlassen würden, um in eine Gaststätte zu gehen oder einen schon so lange gewünschten Spaziergang zu machen. Wenn dann noch ein Unwetter eine Rückkehr nach Hause verhindern sollte, war das der Gipfel der Freude.

Da die Bauweise der Wohnungen nicht gerade förderlich für die ungehemmte Liebe war, konnte auch wenig Stimmung aufkommen. Da hörte man ausgerechnet in dem Moment bei den Nachbarn etwas, was fließende Bewegungen sofort in eine Starre verwandeln konnte. Und Heiterkeit kam auf, wenn das Bett der Nachbarn dem Belastungstest nicht stand hielt und mit einem plötzlichen Knall die Liegefläche nach unten sauste.

Je eher die jungen Leute mit der Familienplanung begannen, umso besser war es. Genau definiert wurde es nicht, aber es gab viele verschiedene Gründe. Der Staat und die allgemeine Situation machten das deutlich. Aber was sagte Elke zu mir?

Sie sagte: „Mein lieber Ralf, wenn du unbedingt von Zuhause weg willst, fahr doch zur See."

Elke war immer so direkt. Meine Eltern wussten natürlich nichts davon, dass wir uns in ihrem Sinne nicht einig waren. Sie sahen nur, dass wir fröhlich zusammen zu Betriebsfesten gingen.

Und auch wieder zusammen heim kamen. Seit den Zeiten im Sandkasten hieß es: Pass bitte auf Elke auf – nimm bitte Elke mit!

Und jetzt, als wir die 21 Jahre erreichten, wollten sie, dass ich Elke für immer mitnehme. Auch Elkes Eltern dachten so.

„Die Kinder gehören doch zusammen." Diese Meinung hatte sich sogar bis in unseren Betrieb so durchgesetzt, in dem wir beide beschäftigt waren. Elke und ich nicht zusammen? Undenkbar, eine Katastrophe.

Elke und ich setzten dann dem ganzen Spuk ein Ende. Ich befolgte ihre Idee und fuhr zur See. Der Dienst bei der Handelsseefahrt brachte uns erst einmal etwas Luft und zeitlichen Abstand, der als allgemeine Entschuldigung für eine Ehe von den Eltern akzeptiert wurde. Nur vorübergehend natürlich.

Nach drei aufregenden Jahren, in denen ich die Welt kennen lernte, nahm ich 1977 allerdings eine Stelle in einer Fabrik im Süden der Republik an. Weit weg und losgelassen von allen Zwängen. Für unsere Eltern ist damals eine Welt zusammengebrochen. Ihr Glaube an die zwischenmenschlichen Beziehungen, und die Liebe allgemein, wurde auf eine harte Probe gestellt.

Die einzige Verbindung zwischen Elke und mir waren Briefe. Das wollten wir nicht aufgeben. Dafür war unsere Verbindung nun doch zu intensiv, um alles abzubrechen.

Wir heulten uns darin über die Ungerechtigkeiten der Welt aus und bedauerten uns gegenseitig. Wenn mal drei Wochen kein Brief kam, dachte jeder von uns, dass er einen Fehler gemacht hätte und entschuldigte sich in einem Eilbrief.

Allein das Briefporto war ein fester Bestandteil unser beider Haushaltsplanung.

Wir versicherten uns gegenseitig, trotz der heimlichen Sehnsucht, dass wir uns nicht unbedingt wieder sehen müssten.

Der Briefkontakt wäre optimal für uns, und da wir uns halt schon so lange kannten, auch ganz normal, schrieb Elke.

Ganz am Anfang schickten wir uns auch hin und wieder Bilder, aber das hielten wir für unnötig und stellten das ein. Neue Bilder waren auch ein Problem, denn sie hatte keinen Fotoapparat und ich fotografierte lieber die Natur. Aber wie sie nach den langen Jahren aussehen würde, hatte mich trotzdem interessiert.

Denn das alte Bild, das ich besaß, war schon ziemlich zerknittert, weil es von einer Hose in die andere wanderte.

Es war eine Aufnahme aus der Zeit, als die Seefahrt an den Nagel hing. Ich hatte es immer bei mir.

Loswerden wollte ich es auch einmal, legte es ganz weit weg. Das war, als sie ganz euphorisch ihren Freund in den Briefen an mich vorstellte, den sie so ungeheuer liebte. Das muss ein toller Hecht sein, ging es mir durch den Kopf. Ich wollte ihr Bild also nicht mehr in der Tasche haben, aber lange konnte ich es nicht durchhalten.

Das war aber 1989 alles nicht mehr wichtig, denn ich war ein paar Tage vor der Maueröffnung über die tschechische Grenze nach Bayern gegangen. Die ganze Euphorie dieser Tage brachte es mit sich, dass der Kontakt zu Elke seit fast einem viertel Jahr nicht mehr bestand.

Ich hatte ganz andere Ideen und Wünsche, als an jemanden zu denken, den ich fast 13 Jahre nicht mehr gesehen hatte.

Außerdem hatte Elke in diesen Tagen des kompletten Umbruchs selbst genug mit sich zu tun. Später werde ich Elke anschreiben, sagte ich mir. Und ich wollte ihr ein neues Foto schicken, denn ich hatte eine völlig andere Frisur und einen Oberlippenbart. 13 Jahre veränderten auch mein Aussehen enorm.

Ich war in einer Notunterkunft untergekommen, einer alten Turnhalle, die schnell für die hergerichtet wurde, die „rüber gemacht" waren. Man baute kleine Wohnbereiche, mit Vorhängen unterteilt, in denen je ein Feldbett und ein Schrank oder eine Kommode für die paar auf der Flucht mitgenommenen Utensilien standen.
Für größere Familien gab es ein paar Abteile mehr, mit einer Öffnung im Vorhang als Durchgang. Nicht das absolute Highlight, aber wir waren in Freiheit.
Alle Menschen in der neuen Umgebung gaben sich ungeheure Mühe, diesen provisorischen Aufenthalt so kurz und so angenehm wie möglich zu gestalten.
Mir erzählte ein Mann, dass er die Situation kennen würde, mit nichts in ein anders Land zu kommen. Ihn verschlug es, auf der Flucht nach dem Krieg, aus Ostpreußen nach Westen und er musste erleben, dass die Menschen damals nicht überall willkommen waren. Und das Gefühl, das zu erleben, wollte er mir nicht antun.

Auf meinem kleinen Tisch am Bett stand eine Wurzel, die mit Tannenzweigen, und einer Kerze in der Mitte, an Weihnachten erinnerte. Wurzel und Zweige holte ich aus dem Wald. Es war bereits kurz vor dem zweiten Advent.
Und ich war überzeugt, dass ich nicht sehr lange in einer so flatternden Umgebung zubringen würde, denn ich wollte auch selbst dafür sorgen, dass der Zustand rasch ein Ende findet.

Ich malte mir bereits aus, wie ich den Westen erobere und meine Situation verändere. Ich war voller Tatendrang und Ideen. Ich stellte mir vor, dass man gerade auf mich gewartet hatte und mich dringend brauchte.

Bei jedem Öffnen der Hallentür wehte der Vorhang. Nervig war es schon. Hatte man seine Kerze angezündet, durfte man es mehrfach wiederholen, weil der Luftzug sie ausblies. Das machte eine Weihnachtsstimmung zunichte.

Und nach ein paar Tagen wurde es so nervig, dass man schon mal ausrasten konnte. Zumal kleine Kinder das Terrain für sich entdeckten, um fangen und verstecken zu spielen. Da flatterte natürlich gewaltig der Vorhang, wenn durchgerannt wurde. Die genervten Eltern und die spitzen Schreie von denen, die plötzlich bloßgestellt waren, wenn so ein Vorhang die Sicht freigab, waren eine unangenehme Begleiterscheinung. Und richtig hoch gewirbelt wurde ein Vorhang ausgerechnet dann, wenn man vom Duschen kam und sich halbnackt umzog.

So etwas geschah auch an einem Abend, den ich mir dafür aussuchte, einen Artikel über „Wohnen im Landhaus" zu lesen.

Ich lag ausgestreckt und gemütlich auf meiner Liege, und träumte ein bisschen von den Dingen, die so weit entfernt lagen. Die Bilder in dem Buch waren atemberaubend schön.

So weit entfernt von der momentanen Situation. Ich konnte mir gar nicht vorstellen, dass es das wirklich gibt, was ich da auf Hochglanzfotos zu sehen bekam.

Plötzlich wurde der Vorhang links von mir mit einem Ruck weggezerrt und eine junge Frau stand im Evaskostüm in ihrem Abteil und stieß einen spitzen Schrei aus.

Das schmale Handtuch versuchte sie vor alle Stellen des Körpers gleichzeitig zu halten, was natürlich völlig daneben ging.

Geistesgegenwärtig raffte ich den Vorhang wieder in die richtige Stellung und murmelte etwas von Entschuldigung. Die Kinder, die das Drama verursachten, waren schon längst wieder am anderen Ende der Halle.

Atemberaubend schön brachte ich nicht mehr unbedingt mit den Bildern von „Wohnen im Landhaus" in Verbindung. Der Nackedei neben mir brachte meine Gefühle in Schwung. Meine Abteilnachbarin hatte ich bis dahin noch nie zu Gesicht bekommen. Und nun gleich in voller Pracht. Es gab zu der Zeit Unangenehmeres.

Mit einer Art Befehlston rief sie durch den Trennvorhang hindurch: „Und das nächste Mal achten sie bitte auf den Vorhang! Das habe ich nicht so gerne."

„In Ordnung."

Ich wollte nicht unbedingt eine Diskussion darüber beginnen, warum ich der falsche Verdächtigte bin, und dass es spielende Kinder waren.

Mein Artikel begann mich wieder mehr zu fesseln, als die quiekende Nachbarin.

Aber ganz aus dem Kopf konnte ich ihren Anblick auch nicht verdrängen.

Und die Sprache kam mir ungeheuer bekannt vor. Was sollte das, wir redeten alle so. Unsere Dialekte von Rostock bis nach Dresden waren mehrfach vertreten. Und die unterschieden sich gewaltig von dem Dialekt unserer Wohltäter im Schwabenländle. Das hatte ich schon gelernt.

Tags drauf kamen wir ins Gespräch und vergaßen dabei ganz, uns vorzustellen. Dass wir beide aus dem Norden der Republik kamen, musste erst einmal reichen.

Und da ich gern verbale Anspielungen liebe, nannte ich sie einfach Sprotte. Sie revanchierte sich und gab mir den Namen Flunder, weil meine Nase so platt wäre. Ich hatte mir das jeden Abend im Spiegel betrachtet, aber nichts feststellen können. Was soll's, ich nahm es hin.

Wir gingen abends mal am See, der am Dorfrand lag, spazieren und unterhielten uns. Die Weihnachtsmusik drang vom wenige Meter entfernten Weihnachtsmarkt herüber und tauchte uns ein in einen angenehmen Zustand des Wohlbefindens.

Ich fand sie sehr nett und wollte nicht durch eine zu plumpe Anmache alles verderben. Wir setzten uns auf eine Bank und überlegten, dass wir eigentlich einen heißen Glühwein trinken könnten.

Nur wollte keiner von uns aufstehen, um die 100 Meter an den Kiosk zu laufen, ihn zu holen.

Ich weiß nicht, wie es passierte, aber plötzlich hielten wir uns jeder eine geschlossene Faust entgegen, aus der zwei Stöckchen herausschauten.

Wer das kürzeste ziehen würde, holt Glühwein.

Die lange Erklärung, weshalb uns das mit den Stöckchen gleichzeitig einfiel, dauerte bis nach Mitternacht.

Erst nach und nach, als wir begannen, unsere Sandkastenförmchen zu beschreiben und was wer mit welchem Förmchen anstellte, bekamen wir eine Ahnung von den Dingen, die uns so viele Jahre verbunden hatten und niemals in Vergessenheit gerieten.

Die Trennung durch den Vorhang wurde umgehend aufgehoben und uns war es völlig egal, ob da jemand zu schnell durch die Halle lief und den Vorhang dabei hoch wirbelte.

Diese Momente, die wir in unserer „Einraumbleibe mit Vorhang" erlebten, waren so phantastisch, dass wir unsere jahrelange Trennung überhaupt nicht mehr empfanden, es gab sie gar nicht.

Ob wir ohne die Trennung aber jemals die Liebe entdeckt hätten, bleibt eine Spekulation. Wir entschieden uns an dem Abend, dass wir uns darauf einigen, nur einen Monat aus beruflichen Gründen getrennt gewesen zu sein. Unser beider Gefühl war auch so. Einen Freund hatte sie mir zwar im Brief vorgestellt, aber den gab es gar nicht.

Sie wollte ihre Sehnsucht damit zerstören, um nicht zappelig zu werden. Eine Woche später bekamen wir endlich die Wohnung zugeteilt, die wir schon 14 Jahre vorher hätten haben können.

Nur war es jetzt keine Zweiraumwohnung, sondern ein Appartement für zwei bis drei Personen.

Erst dachten wir bei der Besichtigung, man hätte sich vertan, denn in dem Appartement hätten auch fünf Personen leben können.

Und das wohl schönste Geschenk stand schon im Zimmer. Der Vermieter hatte für uns einen Weihnachtsbaum in eine Zimmerecke gestellt und wunderschön geschmückt. Dass wir auch gleich einen Job bekamen und ihn im neuen Jahr sofort antreten konnten, vervollständigte unser gemein-sames Glück.

Der gemeinsame Brief an unsere Eltern war die logische Folge unserer neuen Situation. Die Reaktion der Eltern, der meinen wie der ihren war, dass sie uns Vorwürfe machten, dass wir sie so lange genarrt hätten. Sie wollten einfach nicht glauben, dass wir uns damals wirklich getrennt hatten. Wir ließen sie beide in dem Glauben und die ganze Sache fand den Abschluss, den die Eltern geplant und schon immer gewollt hatten.

Wir erzählten ihnen nie, dass wir uns nur durch Zufall getroffen hatten, und schließlich nur erkannten, weil wir plötzlich die gleichen alten Rituale verwendeten.

Erkannt hätten wir uns sonst vielleicht nicht, denn wir veränderten uns optisch beide sehr stark in den vergangenen Jahren. Das hatte sich aber bei den charakterlichen Eigenschaften nicht ausgewirkt.

Nach und nach traten die alten Merkmale hervor, die uns beiden sehr bekannt waren und die wir so an uns liebten. Nur wussten wir das vorher nicht.

Heute haben wir zwei nette Kinder und fühlen uns ungeheuer wohl. Manchmal diskutieren wir darüber, warum wir nicht schon 1976 den gemeinsamen Weg gegangen waren. Aber es musste so sein und es hat uns auch überhaupt nicht geschadet. Wir stellten uns diese Frage nie wieder.

„Blind date"
Eine Reise ins Ungewisse

Das erste Weihnachtsfest in Freiheit, ein unbeschreibliches Gefühl. Andere Wünsche treten dabei in den Hintergrund, weil sie so unerreichbar weit weg sind.
Und wenn man dann trotzdem ein Geschenk bekommt, wovon man nicht einmal zu träumen wagte, ist die Sensation perfekt.

Es gibt im Leben Situationen, bei denen weiß man nicht, wie man sich verhalten soll. Egal, was man anstellt, es kann falsch sein. Und diese Unsicherheit macht vieles zunichte. Hätte man bloß nachgedacht.
Aber - es gibt jemanden, der das nicht akzeptiert und die Sache für uns in die Hand nimmt, sie für den Unentschlossenen regelt. Das kann manchmal dauern, aber dann ... ...

***

Es war der 8. November 1989, kühl und unfreundlich, aber die Nachrichten von „Drüben" erwärmten uns den ganzen Tag. Alle paar Stunden bedauerten wir, dass wir nach Schwerin überhaupt keinen telefonischen Kontakt hatten.

Seit den ersten Demonstrationen in Leipzig saßen wir wie auf Kohlen, immer in Erwartung, etwas aus Schwerin zu hören. Gerade erst hatten wir mit Marlies und Dieter den Urlaub in Ungarn verbracht. Na ja, es waren fast vier Monate her, aber trotzdem erst gestern.

Ich ordnete meine Notizen und Bilder vom gemeinsamen Urlaub, um sie in einem Album einzuordnen. Die Bilder in ein Album, die Notizen für mein Buch. Die ersten Notizen meines Buches „Schwerin war so nah" hatte ich gerade säuberlich nummeriert und einzelnen Kapiteln zugeordnet, da schlug es wie eine Bombe bei uns ein.

Aus der Rhön kam von unseren Verwandten die Nachricht, dass der Dieter abgehauen sei, aber Marlies und den Sohn in Schwerin zurück gelassen hatte. Wir waren sprachlos. Alle Notizen und Bilder wanderten in eine Ecke – für später. Die ganze Geschichte und was daraus geworden ist, habe ich im Buch „Schwerin war so nah" erzählt.

Wir hatten bis zum Jahresende nichts von den Schwerinern gehört und überlegten, wie wir das zu Weihnachten in den Griff bekommen. Dass wir das erste Weihnachtsfest zusammen feiern würden, konnten wir am 20.12.89 vergessen, denn Marlies meldete sich, konnte aber nicht von Schwerin weg.

Dieter war irgendwo, aber er hatte sich nicht bei uns gemeldet. Das Weihnachtsfest drohte in ein trauriges Desaster abzugleiten. Beate und ich überlegten fieberhaft, wie wir das Fest überstehen könnten.

Unsere Kinder bekamen das natürlich alles mit und fragten, warum Dieter nicht kommen könne. Es war unerträglich, zerstoben doch alle Wünsche, die wir jahrelang hegten, im Nichts.

Gegen Abend hörten wir dann im Radio, dass die Bildzeitung Leute suchte, die Familien von „Drüben" zum Weihnachtsfest einladen möchten. Leute, die nie Kontakt zum Westen hatten.

Ein Telefax war schnell geschrieben und abgeschickt. Zwei Stunden später kam ein Anruf von der Bildzeitung und wir wurden gefragt, ob wir auch eine Familie mit einem kleinen Jungen aufnehmen würden, da wir doch ein Mädchen hätten.

Wir sendeten alle unsere Angaben an die Zeitung mit dem Hinweis, die Familie vom 23.12. bis 28.12. aufzunehmen.

Mittags, am Tag darauf, bekamen wir ein Telegramm. Der Absender sagte uns gar nichts.

Im Telegramm erklärten uns Manuela und Michael, dass sie sich darauf freuen, mit ihrem Patrick am 23.12. kommen zu dürfen.

Gegen Mittag würden sie bei uns sein, denn von Neudorf im Harz sei es nicht ganz so weit.

Also hatten sie ein Auto. Wir konnten sie ganz in Ruhe erwarten, bis sie in unseren Hof einfahren würden. Unsere 5-jährigeTochter Andrea war ganz außer Rand und Band, dass ein kleiner Junge zu Besuch kommen würde. Ein Jahr jünger, aber das war zweitrangig.

Beate und ich waren ganz aufgeregt, weil wir nicht wussten, was da auf uns zukommt.

Den Rest des Tages verbrachten wir damit, unseren drei Gästen Weihnachtsgeschenke zu besorgen. Kleine Aufmerksamkeiten, wie wir es verstanden wissen wollten. Viel hatten wir da nicht gefunden. Alles hätte falsch sein können, also wurden es wirklich nur Aufmerksamkeiten.

„Sie müssten sich selbst etwas kaufen können, denn sie würden das Richtige wählen, ohne dass es vielleicht umgetauscht werden müsste", sagte Beate.

Das war die Idee. Wir legten als Willkommensgruß jedem einen 50,- DM-Schein unters Kopfkissen.

„Am 27.12. haben sie dann noch Zeit, für sich etwas im Kaufhaus zu besorgen", sagte ich zufrieden, aber im gleichen Atemzug: „Ich glaube, dass sie die 50,- DM gar nicht ausgeben, weil sie nicht wissen, was sie nehmen sollen." Beate teilte meine Meinung nicht ganz und wir ließen es bei der Spekulation.

Am Anreisetag bereiteten wir ein schönes Essen vor und waren gerade dabei, die Soße zu passieren, als ich an unserer Toreinfahrt einen hellgrauen Trabi entdeckte.

Die Zufahrtsweg endete an unserem Grundstück, und die Fahrt von Manuela und Michael auch. Das Tor stand weit offen und der Hof war groß genug für einen zusätzlichen Trabi. Neben unserem Wagen hätten davon drei Platz gehabt. Michael war zaghaft aus dem Wagen gestiegen und ich stand auf dem Balkon, gespannt, was er sagen würde.

„Sind wir hier richtig bei Beate und Herbert?"

„Wenn ihr euren Wagen jetzt noch in den Hof fahrt, dann seid ihr richtig", sagte ich amüsiert.

„Au Mann", Michael grinste und stieg in seinen Trabi, um die letzten fünf Meter zu fahren.

Meine Beate, Andrea und ich waren nach draußen gegangen, um unsere Gäste zu begrüßen. Es war ein herzlicher Anfang, unser Kennenlernen. Die drei waren etwas scheu, aber das wären wir wohl andersrum auch gewesen.

„Jetzt lasst mal euer Gepäck noch im Wagen, denn wir haben das Mittagessen fertig. Danach ist noch Zeit genug."

Das Stück Weg durch den Hof zum Hauseingang benutzten wir, um den dreien mitzuteilen, dass wir uns riesig freuen, sie für ein paar Tage als Gast zu haben. Und das war die reine Wahrheit.

Ich musste aufpassen, dass ich keine feuchten Augen bekomme. Ich konnte mich so in ihre Lage versetzen, wusste ich doch, was für eine Umstellung sie zu meistern hatten. Mir war der Vergleich Ost-West nur gar zu geläufig. Schwerin war sehr nah ...

Eine unvergleichlich schwierigere Situation hatten Beate und ich zu meistern.

Wie können wir es anstellen, dass wir nicht zu protzig wirkten. Unser großes Haus, der riesige Garten – man konnte es ja nicht verkleinern.

Und unsere Gastfreundschaft konnten wir ja nicht auf ein Minimum herunter schrauben. Wir gaben uns so natürlich wie möglich, aber ob es uns gelungen ist, werden wir vielleicht nie erfahren. Fragen werden wir jedenfalls nicht danach.

Aber die Gegensätze ließen nicht lange auf sich warten. Beate und ich waren bereits wieder in der Küche, aber niemand folgte uns. Ich ging zurück in die Diele, um nachzusehen. Da standen die drei und wagten nicht, den Fuß über die Schwelle zu setzen. Ich wollte gerade eine Frage stellen, als ..., „Herbert, ich muss doch erst noch mal ans Auto. Unsere Hausschuhe holen." Mir blieb fast die Spucke weg, aber eine Diskussion unterließ ich, denn ich hatte auch Hausschuhe an. Allerdings war ich mit denen auch im Hof.

In den nächsten Tagen wird sich das wohl von selbst erledigen, dachte ich. Aber ich muss es vorweg nehmen – jeden Tag standen die Schuhe sauber aufgereiht in der Diele. Die Straßenschuhe hatten nicht die geringste Chance, einen Meter in die Wohnung zu gelangen.

Das Mittagessen war große Klasse und die Unterhaltung verlief etwas einspurig, denn die beiden hatten fast einen Kloß im Hals. Ich fragte und sie antworteten.

Dass ich so viel über die Situation in der „DDR" wusste, brachte sie etwas durcheinander. Aber wundern taten sie sich über gar nichts mehr.

Nach dem Essen dann endlich die erste erlösende Frage aus Neudorf: „Sagt mal, wie seid ihr eigentlich auf die Idee gekommen, jemand einzuladen, den ihr gar nicht kennt?"

Ich erzählte die ganze Geschichte über Schwerin, und überhaupt. Beide staunten nicht schlecht und sagten fast gemeinsam: „Da können wir uns ja fast freuen, dass die Schweriner sich noch nicht gemeldet haben."

„Aber ihr seid keine Lückenbüßer. Hätten wir es nicht so gewollt, hätten wir auch niemanden eingeladen", sagte ich. Damit war die Sache geklärt und die Zeit gekommen, dass sie das Gepäck aus dem Trabi holen konnten. Wir zeigten ihnen das Gästezimmer, das Beate mit viel Liebe hergerichtet hatte und das Badezimmer, das dazugehörte.

Beate hatte einen wunderschönen Blumenstrauß ins Gästezimmer gestellt. Nach einer Weile musste ich Manuela fragen, weil sie regungslos im Zimmer standen, ob sie nicht das Gepäck holen wollten.

Beate sagte zu mir: „Ich glaube, den beiden ist ganz schlecht."

„Ich werde das alles nachher mal klären, damit wir nicht dauernd das Gefühl haben müssen, protzig zu wirken."

Denn das hatten wir in Schwerin gelernt, dass wir das nicht unbedingt zeigen mussten und auch nicht wollten. Ich erklärte den beiden, dass sie sich erst mal ganz in Ruhe frisch machen können und wir uns zum Kaffee wieder melden. Ihren Sohn hatten wir inzwischen bei unserer Tochter untergebracht.

Gut, dass wir das Stockbett hatten, denn wenn sie eine ihrer Freundinnen über Nacht zu Besuch hatte, brauchten wir das untere Bett immer.

Patrick war ganz angetan von der Art der Schlafstelle.

Beate und ich beratschlagten inzwischen, was wir an Heiligabend zu Essen machen könnten. Dann bereiteten wir den Kaffee vor.

Mein Ruf ins Zwischengeschoss, dass es Kaffee gäbe, verhallte ungehört.

Nur die beiden Kinder im Dachgeschoss johlten los, denn Andrea teilte Patrick bereits mit, was für einen Kuchen es gibt. Und bei Bananentorte mit Sahne bleibt kein Kind still sitzen.

Der Tisch war schon gedeckt, der Kuchen auf die Teller verteilt, der Kaffee fast schon in den Tassen, aber von Manuela und Michael war noch nichts zu sehen. Ich machte mir Sorgen.

„Die sind bestimmt eingeschlafen, müde von der Fahrt und dem üppigen Mittagessen. Lass' sie noch etwas schlafen", sagte Beate. Weit gefehlt, sie kamen bereits in die Küche. Ziemlich still und langsamen Schrittes. Als sie vor ihren Tellern saßen, sagte Manuela: „Was habt ihr denn da unter die Kissen gelegt?"

„Oh, das haben wir ganz vergessen." Und das meinte ich ganz ehrlich. Beate wurde sogar etwas rot im Gesicht.

„Wir möchten, dass ihr euch etwas zu Weihnachten selbst kauft, denn wir können doch nicht wissen, was euch gefällt oder was ihr gebrauchen könnt. Es ist zwar ein einfallsloses Geschenk, aber in der Situation wohl besser geeignet."

Meine Rede hätte ich mir sparen können, denn sie hatten mit Sicherheit nichts verstanden, weil sie weinten. Und das ist mir dann auch fast passiert. Beate ist es passiert.

„Ihr habt uns doch schon eingeladen. Ist das denn nicht genug?"

Darüber habe ich nachdenken müssen. Lange hatte ich aber keine Gelegenheit dazu, denn die Kinder holten uns alle wieder auf den Boden der Tatsachen zurück. Für sie war das alles ein großes Fest, und Heiligabend kam ja erst noch. Bis zum großen Fest hatten wir viel damit zu tun, uns gegenseitig zu erzählen, was wir beruflich machen, wie die Familienverhältnisse sind und wie wir so leben.

Manuela und Michael hatten sich gut an uns gewöhnt und wir uns an sie. Wir hatten einen Riesenspaß und die Kinder genossen es, draußen im Garten mit dem Hund zu toben.

Außerdem war es im Wald, der an unser Grundstück grenzte, immer spannend.

Bis Heiligabend verging die Zeit wie im Flug.

Dass wir von den Neudorfern Geschenke bekamen, hat uns nicht nur überrascht, sondern auch unendlich gefreut.

Die Überraschung war ihnen gelungen.

Dass wir am Heiligen Abend gemeinsam Weihnachtslieder singen konnten, war schon überraschend, denn das war in der DDR nicht in allen Familien Tradition. Manuela und Michael hatten noch eine christliche Erziehung genossen und gingen auch in die Kirche. Der Wunsch, noch gemeinsam in die Mitternachtsmesse zu gehen, war für uns ganz spontan und ein einstimmiger Entschluss.

Einige Flaschen Sekt und Wein hatten wir bis zum 27.12. gelehrt. Dann kam der Tag für den Einkauf, auf den sie sich beide freuten. Wir beratschlagten, dass wir gemeinsam zum Kaufhaus fahren, aber uns dann trennen, damit sie ganz in Ruhe einkaufen können. Wir verabredeten eine Zeit und einen Treffpunkt.

Zwei Stunden später sollte das sein. Geklappt hatte es auch, aber Manuela und Michael kamen sogar früher, ganz unerwartet. Und mit leeren Händen auch. Ich dachte an meine Prognose und schubste Beate an.

„Habt ihr gar nichts finden können?", fragte Beate ganz enttäuscht.

„Sollte das ein Witz sein? Wir standen meistens davor und entschieden dann jedes Mal, dass wir vielleicht noch was anderes finden würden, was wichtiger wäre.

Dann waren die zwei Stunden fast rum und wir hatten doch den Treffpunkt ausgemacht."
Michael sprudelte nur so vor Erklärungen. Ganz im Gegensatz zu den Tagen vorher, als meist nur Manuela redete.

„Wisst ihr was, ihr nehmt das Geld mit nach Hause und kauft ein, wenn euch etwas Besonderes unter die Finger kommt."
Damit waren beide einverstanden und wir fuhren wieder nach Hause.
Genüsslich machten wir uns über die Reste von den Feiertagen her, tranken Sekt und freuten uns, dass wir uns kennen gelernt haben. Wir verstanden uns, die Kinder verstanden sich, und so war es nur verständlich, dass wir ein Treffen in Neudorf vereinbarten. Gern nahmen wir die Einladung an und legten schon einen Termin fest.
Viele Male ging es hin und her. Die Unterschiede zwischen den Systemen hatten wir überwunden.

Inzwischen gibt es andere Dinge, die Verwunderung hervorrufen und beide Seiten betreffen. Wir mussten uns sogar gemeinsam und zeitgleich an eine neue Währung gewöhnen.
Hoffnung besteht darin, dass es damals 1989 noch viel mehr Menschen gab, die sich zusammen-gefunden haben und sich vorher nicht kannten.
Das waren die Momente, in denen Schranken in den Köpfen abgebaut wurden und für immer verschwanden. Allzu viele hatten diese Gelegenheit verpasst.

Eine Terrine voller Trümmer
Eine schmerzhafte Feier

Der 2. Weltkrieg war vorbei und das 1000-jährige Reich Vergangenheit, bevor es richtig begonnen hatte. Die Überlebenden richteten sich neu ein und ordneten ihr Leben.

Kämpfte man vorher um sein Leben, kämpfte man jetzt ums Überleben. Und dieser Kampf sollte noch einige Jahre dauern, bis der Punkt erreicht war, der eine Besserung erkennen ließ und das Leben wieder lebenswert machte.

In dieser Zeit bin ich aufgewachsen und fast jeder in der Familie, der den Krieg überstanden hatte, konnte Geschichten erzählen, die ich damals noch nicht verstand.

***

Es ist der 10. Dezember, gestern feierten wir den 2. Advent. Mein Weg in die Großstadt Frankfurt wurde von leichtem Schneefall begleitet. Aber wenn man die Schneeflocken bis auf den Boden mit den Augen verfolgt, sieht man, wie sie einfach verschwinden. Sie werden unsichtbar.

Nur ein feuchter Fleck bleibt zurück. Schade. Weihnachten hatte ich früher ganz anders erlebt. Da war es draußen sehr früh bitter kalt und auch weiß. Langsam fuhr ich den Oederweg in Richtung Süden. Gleich müsste ich den Eschenheimer Turm sehen können.

Ich hoffte, einen geeigneten Parkplatz zu finden, denn ich wollte etwas besorgen.

Auf hoffte liegt die Betonung, denn in Frankfurt einen Parkplatz finden grenzt fast an Goldgräberglück.

Wie lange war ich schon nicht mehr in dieser Stadt? Ich blickte nach links und blinzelte genau in die fast waagerecht wehenden Schneeflocken.

Mein Blick fiel auf das Straßenschild. Ich musste mir die Hand vor mein Gesicht halten, denn der Wind trieb mir die Tränen in die Augen. Hermannstraße!

Wichtig, dass man in einer Großstadt weiß, wo das Auto steht. Hermannstraße? Ich schaute mir das Schild noch einmal an. Da öffnete sich in Gedanken plötzlich eine Tür, hinter der sich meine Erinnerungen verbargen.

Wer um Himmels Willen hat mich in diese Gegend geführt? Ich bin hier geboren und die ersten fünf Jahre meines Lebens aufgewachsen.

Nun stand ich gegenüber, auf der anderen Straßenseite, und betrachtete meine „Wiege". Nie wieder danach war ich hier, seit meine Eltern mit mir 1950 weggezogen sind.

War das Auffinden dieses Parkplatzes und der zufällige Blick auf das Schild „Hermannstraße" ein Wink, ein Zeichen?

Eilig kamen mir zwei Nikoläuse entgegen, die zum „Dienst" wollten. Der Wind zerzauste ihre Bärte und die Schneeflocken verfingen sich darin.

Ich besorgte mir von einem Imbisstand einen Glühwein, der mir mehr zum Wärmen der Hände diente, als zum Wärmen der Kehle. Dann bin ich wieder zum Haus gegangen, Hermannstrasse 41.

„Na? Wolle se hier Wurzel schlaache?"

Der Mann, der mich da ansprach, sah mich schon von weit, da er die ganze Hermannstraße herunter lief. Ich sah ihn zwar kommen, erschrak aber trotzdem.

„E schee Häusche da dribbe, passt so gar net in die Geschend hier", sagte er mit Kennerblick.

Er hatte Recht, die anderen Häuser überragten dieses zweistöckige Haus um weitere vier bis fünf Geschosse. Es hatte trotzig überlebt.

Hinter mir standen große Häuserblocks, wo einst ein riesiges Trümmerfeld unseren damaligen Abenteuerspielplatz bildete. Man konnte Berge erklimmen und Schluchten durchqueren. Büsche und sonstiger Wildwuchs bildeten beliebte Verstecke.

In dieser scheußlichen Nachkriegszeit hatten wir Kinder eine unbeschwerte und fröhliche Zeit.

Dieser zerstörerische Krieg, mit all seinen Bomben, hatte eines geschaffen: ein Abenteuergelände, ganz nach dem Geschmack der Kinder, die sich damals über die Entstehung dieser Spielmöglichkeit nicht eine Sekunde Gedanken machten. Es war einfach nur spannend und aufregend. Das Ergebnis eines zerstörerischen Krieges war etwas, das in Kindergedanken gar nicht existierte.

„Das Trümmerfeld ist ja komplett verschwunden", sagte ich, eigentlich nur, um was zu sagen.

„Mein Gott, wo lebe sie? Des is inzwische schon de zweite Neubau.

Vor fuffzehn Jahr habbe se die alte Häuser, von naachem Kriesch, abgerisse.

Dann is des hier gebaut worde. Sie war'n lang nemmer da?"

„Stimmt, etwa 37 Jahre."

„Ja, dann ...", sagte er ganz mitleidig und ging wieder seiner Wege. Von irgendwoher drang ein ganz spezieller Duft an meine Nase. Es waren Kräuterbonbons. Damals, als ich noch in dem alten Haus wohnte, waren es andere Gerüche, die man in die Nase bekam.

Es war der Geruch von verbranntem Holz und von minderwertiger Kohle, das wie ein übel riechendes Gas die Atemwege reizte.

Die Leute verheizten alles, damit niemand frieren musste.

Es war erstaunlich, wie sich alles in meiner Erinnerung wiederbelebte. Gar nicht mehr so weit weg.

Irgendwo hinter dem Haus stieg etwas Rauch auf. Ich erinnere mich an eine Geschichte, von meiner Patentante erzählt, die viel mit Rauch zu tun hatte.

Es war kurz vor dem 3. Advent gewesen sein. Draußen war es bitterkalt, und in den Zimmeröfen musste das Holz schneller nachgelegt werden, als folglich auch nicht billig. Deshalb wurden sogar zerstörte Möbel verheizt. Manche Fenster hatten kein Glas drin, also wurde die Stelle mit Pappe geschlossen. Wenn man eine so große Pappe hatte.

Einer der Öfen im Haus wurde gut gefüllt, damit er nicht ausging. Die Ofenplatte glühte durch Überhitzung öfter. Beim Nachbarn geriet etwas in Brand und versetzte meinen Vater in helle Aufregung, da sich niemand auf Klopfen und Rufen aus der Wohnung meldete.

Er stemmte mit seinem Körper die verschlossene Tür ein und löschte das Feuer, bevor es großen Schaden anrichten konnte.

Bei dem hektischen Gerenne im Haus und den aufgerissenen Fenstern, damit frische Luft rein konnte, bewegten sich die kleinen Porzellanengel, die von der Decke im Flur herunter hingen, im Luftzug und klingelten wie aufgeregt.

Für den 3. Advent und den Heiligen Abend war die Bescherung bereits vorweggenommen. Es war eine schmerzhafte Bescherung.

Mein Vater zerlegte die zersplitterte Tür zum Verheizen und besorgte eine neue. Wo er die herbeizauberte, blieb sein Geheimnis.

Am Heiligen Abend war jedenfalls alles wieder wie neu und es wurde ein wunderschönes Fest.

Als ich so über das Fest und das Essen nachdachte, kam mir wieder eine Erinnerung, die in direktem Zusammenhang mit dem Haus stand. Meine Patentante hatte mir die Geschichte erzählt, als ich vor einigen Jahren meiner Mutter einen ungeheuren Schmerz zufügte, ohne auch nur daran zu denken, dass es Schmerzen geben könnte.

Einmal im Jahr hatten wir eine größere Familienzusammenkunft, bei der das Mittagessen eine besondere Angelegenheit war. Es gab zwar „nur" ein Eintopfgericht, aber genau das war das Besondere. Und das „nur" soll auch gar keine Abwertung sein.

Dieses eine Mal im Jahr war immer an einem der Adventsonntage vor Heiligabend.

Und diese Mahlzeit wiederholte sich traditionell jedes Jahr.

Mitten ins allgemeine Palaver der Gäste, rief mir meine Mutter plötzlich zu, ich möchte doch die Suppenterrine aus dem Schrank nehmen und in die Küche bringen. Sie wollte servieren.

Es wurde nun ziemlich hektisch, da mindestens acht Verwandte zeitgleich an den Tisch stürzten, in Erwartung der Tradition. Und mit meiner Terrine geriet ich genau dazwischen.

Ich schlug gegen die Stuhllehne, da war es passiert. Meine Mutter hörte den Schlag und ich sofort meine Mutter:

„Neiiiiin!"

Die augenblicklich eintretende Stille und die Unbeweglichkeit aller Anwesenden deutete auf nichts Gutes. Es erinnerte mich spontan an Dornröschen, als alle Leute, was sie auch gerade anstellten, in eine Starre verfielen.

Eine gespenstische Situation war es schon. Mutter kam angestürzt, sah die Bescherung, setzte sich auf einen Stuhl und fing an, herzzerreißend zu weinen. So hatte ich meine Mutter noch nie erlebt.

„Ausgerechnet diese Terrine", sagte sie schluchzend.

Ich wollte diese Terrine schon immer mal ersetzen, da sie gar nicht zu dem übrigen Geschirr passte.

Meine Mutter wiegelte aber immer ab, wenn ich auf das Thema zu sprechen kam. Verstanden hatte ich das nie, deshalb war ich auch spontan froh, das barocke Stück jetzt entsorgen zu können.

Die Entschuldigung für die „entsetzliche" Tat und die Bemerkung, dass es doch die älteste Schüssel überhaupt sei, machten alles nur noch schlimmer. Meine Patentante zog mich sanft zur Seite.

„Es tut mir leid, Tante Herta, aber verstehst du das Theater?"

„Komm mal her mein Junge, ich erkläre dir das."

„Was ist mit dieser Schüssel?", fragte ich ziemlich ungeduldig.

„Sag nicht einfach Schüssel. Es ist eine Terrine, eine ganz besondere obendrein", waren ihre eindringlich sanften Worte.

„Wir müssen ins Jahr 1949 zurück. Meine Tante hielt, wie früher auch immer, wenn sie mich beruhigen wollte, meine Hand fest.

„Du warst mit Freunden immer auf den Trümmern zum Spielen. Auf dem Grundstück waren vor dem Krieg große Häuser gestanden, die während der Bombardierung von Frankfurt dem Boden gleich gemacht wurden. Eigentlich war es gefährlich, dort zu spielen.

Die Verbotsschilder waren schon sehr früh irgendwo im Schutt verschwunden, denn einmal in der Woche brach irgendwo wieder etwas ein oder zusammen.

Das Trümmerfeld lag genau gegenüber von eurer Wohnung. Deine Mutter hatte dich vom 1. Stock eigentlich immer gut im Blick.

Aber an dem Tag bist du, durch einen alten Lichtschacht hindurch, in einen der verschütteten Keller abgerutscht. Was danach passierte, fällt in die Kategorie: Jubel und Freude.

Deine Freunde waren vor lauter Angst weggelaufen und keiner hörte dich aus dem Keller rufen. Irgendwie musstest du dir selbst helfen und hast dich umgesehen. Dabei entdecktest du einen alten Küchenschrank, der prall gefüllt war. Du konntest eigentlich nichts damit anfangen, aber der Wunsch, diesen Fund zu melden, war riesengroß.

Deine Mama hat die anderen Kinder weglaufen sehen und dass du nicht dabei warst. Mit einem Schreck ist sie aus dem Haus gelaufen und wollte dich in den Trümmern suchen.

Nach ein paar Rufen hattest du geantwortet. Da ich deiner Mama nachgelaufen war, hatten wir dich schnell aus dem Kellerloch befreien können.

Du hattest eine große Terrine genommen und wir haben dich über den Schutt durch den Schacht nach oben herausgezogen.

Dabei ist etwas von dem Trümmerschutt in die Terrine geraten.

„Mama, ich habe einen Topf gefunden", hattest du fast entschuldigend gesagt. Als deine Mutter die Terrine sah, löste es bei ihr erst Sprachlosigkeit, dann einen Schrei des Jubels aus. Du dachtest erst, sie würde schimpfen und bist davongelaufen. Sie holte dich aber gleich ein.

„Eine Terrine voller Trümmer, welch ein Geschenk, mein Sohn. Wo hast du die denn gefunden?"

Nachdem das geklärt war, durftest du offiziell noch mal durch den Schacht rutschen. Zwei Stunden dauerte es, dann hattest du alles nach oben gereicht. Es war nicht ein Teil davon kaputt.

Ein komplettes Keramikservice für 12 Personen, in Eierschalenfarbe.

Bestecke für die Küche und ein Essbesteck für 12 Personen. In der damaligen Zeit war dein Fund eine kleine Sensation, wie ein Lottogewinn. Denn nach dem Krieg hatten deine Eltern weniger als nichts.

Der Tisch zu Hause brach unter der Last fast zusammen. Deine Mutter setzte sich davor, hielt dich fest und weinte hemmungslos. Du hast das alles nicht verstanden und dein Gesicht von damals werde ich nie vergessen. Deine Mutter hast du ganz traurig angesehen.

Als dein Vater abends nach Hause kam, blieb auch ihm die Spucke weg. Er sagte: „Das alles für 12 Personen und so schön, könnten wir uns erst in ein paar Jahren leisten, wenn es das denn gäbe."

Wir saßen drum herum und trauten uns nicht, etwas davon anzufassen.

Aber dann hatte deine Mutter die Idee, alle aus dem Haus einzuladen und das Ereignis zu feiern. Sie packte alle Zutaten zusammen, die sie auftreiben konnte, und verarbeitete es zu einem tollen Eintopf.

Dann schritt deine Mutter majestätisch aus der Küche, trug die Terrine an den Tisch und sagte: „Kinder, ich habe eine Terrine voller Trümmer für euch bereitet. Guten Appetit."

„Und das wiederholte sich all die Jahre, bis heute. Sie hing an dieser Terrine mit jeder Faser ihres Lebens. Verstehst du jetzt ihre Traurigkeit? Was soll sie heute bloß sagen, wenn sie den tollen Eintopf serviert?"

Diese Geschichte berührte mich ohnegleichen. Ich nahm meine Mutter in den Arm und versprach, die Terrine wieder zusammen zu setzen, damit sie wieder eine Terrine voller Trümmer servieren könnte. Und das vielleicht noch in diesem Jahr.

Ich musste tief durchatmen und schaute mich um. Die Vergangenheit hatte mich wieder losgelassen, ich war im Jetzt. Es hatte aufgehört zu schneien und die Dächer rundum waren ganz leicht gezuckert.

Noch einmal fiel mein Blick in die Hermannstraße zu meinem ehemaligen Zuhause, das Haus, in dem ich aufwuchs. Es beheimatet heute eine Galerie.

Eine Gelegenheit, einmal wiederzukommen und durch die Räume zu laufen, in denen ich gelacht, auch geweint habe und umhergetollt bin.

„Fragt nach Italiano"

Alte Erinnerungsfotos, die man mit großem Vergnügen betrachtet. Erholung pur, wenn man sich zurücklehnt und die Vergangenheit Revue passieren lässt.

Der Mittelpunkt des Fotos ist ein stattlicher Hummer, der wütend seinen Schwanz gegen sein Körperende schlägt.
Ob der wusste, dass er für das Weihnachtsgericht ausgesucht wurde?
Weihnachten in der Fremde und das erste Mal, dass ich mich dafür schämte, nicht erkannt zu haben, dass es leidenschaftliche Gastgeber gibt, die nicht an eine Gegenleistung denken oder etwa eine solche erwarten.

***

Ich hatte es geahnt, bereits befürchtet, als ich Zuhause los fuhr. Das Gefühl hatte mich nicht verlassen, die ganzen letzten Tage nicht, in denen wir uns immer weiter Richtung Spanien entfernten.
Wir wollten einmal Weihnachten nicht in Kälte und Schnee verbringen, sondern in einem etwas gemäßigten Klima.
Damit die Kultur nicht zu kurz kommt, suchten Jutta und ich eine Gegend aus, die alles das für uns bereithalten würde, was wir uns wünschten. Wir suchten dafür Galicien, die nordspanische Provinz aus.
Santiago de Compostela oder Pontevedra war unser erträumtes Ziel.
Religion und Kultur zu Weihnachten oder Meeresnähe. Wir waren noch unentschlossen.

Mein Gefühl hatte mich nicht getäuscht. Nun war es soweit, nach etwa 2.000 Kilometern wurde die böse Ahnung zur Gewissheit. Es war wie eine Erlösung, dass es endlich eingetreten ist. In mir kam der Gedanke auf, dass man auch eine Situation herbeisehnen kann. Und nun war es soweit, der Motor meines Wagens streikte.

Kein Meter mehr vorwärts, keinen zurück. Wenigstens qualmte es nicht. Sofort machte sich die Sorge breit, dass der Notgroschen seinen letzten Tag in der Tasche verbrachte. Die Hoffnung, dass alles nicht so schlimm sein würde, machte die Situation etwas erträglicher.

Jutta meinte, dass wäre eigentlich ein ziemlich blödes Weihnachtsgeschenk. Und so falsch war das gar nicht, denn bis zum Heiligen Abend waren es nur noch vier Tage.

Und das Jahr 1973 wollte sich bei uns nicht besonders freundlich verabschieden. So sah es jedenfalls aus, denn das Wochenende stand direkt vor der Tür, nur zwei Tage entfernt. Und wer konnte in dieser kurzen Zeit noch unser Auto reparieren?

Wir empfanden es als eine wunderbare Fügung des Schicksals, dass wir direkt neben einer kleinen Bodega stehen blieben. Nach dem ersten Schreck und der Enttäuschung, suchten wir instinktiv nach etwas Positivem.

Der Geruch von feinen Gerichten, mit Knoblauch, zog Jutta förmlich aus dem Auto.

Es passte auch die Uhrzeit – 13.00 Uhr, Mittagszeit. Der Hunger war auch da.

Was lag also näher, erst einmal zu ruhen, das Auto zu vergessen, um gesättigt und gutgelaunt die weiteren Dinge zu planen. Eine geeignete Werkstatt zu finden, war dabei das zentrale Problem. Vielleicht ein Hotel für eine Nacht, ein anderes.

Bei einer Tortilla und Zarzuela, mit hervorragendem Wein, besprachen wir das weitere Vorgehen.

Wir waren etwa 50 Kilometer vor Pontevedra. Die Küste und das Meer siegten über Religion und Kultur. Noch zu gut war die gewaltige Kathedrale von Santiago de Compostela in Erinnerung, in der wir für eine pannenfreie Reise beteten. Mein Glaube geriet ins Wanken.
Konnte dieses Missgeschick mit der Panne nicht in Frankreich passieren? Jutta, als Lehrerin für Französisch, hätte dort ein leichtes Spiel gehabt.
Und nun hofften wir, ihre Sprachkenntnisse auch in Spanien nutzen zu können.

Aber bereits im Restaurant holte uns die Realität ein. Ein Bayer, sprachlich nur seinem Dialekt verbunden, hätte sich auch nicht anders fühlen können als wir.
Von unserem Tisch konnte ich über die Terrasse blicken und meinen lustlos gewordenen Wagen beobachten. Man konnte ihm aber nichts ansehen.
Er dampfte nicht, nichts tropfte aus seinen Eingeweiden auf den staubigen Parkplatz. Was konnte ich tun? Ich musste noch mal zu ihm.
Von Unruhe getrieben, öffnete ich die Motorhaube und blickte mehr frustriert als besonders fachkundig in den so still vor mir befindlichen Haufen Technik. Außer vom Wasser nachfüllen und Reifendruck nachprüfen, hatte ich genauso viel Ahnung vom Auto, wie eine Kuh vom Geschirrspülen.

Wie zu dieser Jahreszeit nicht anders zu erwarten, nieselte es und die Temperaturen waren bei ungefähr 16° C, die offene Motorhaube lieferte mir etwas Regenschutz, trotzdem tropften die Schweißperlen von meiner Stirn und regneten auf die vor mir liegende Zündkerzenreihe.

Bei mir mischten sich Nieselwetter, Sorge, Angst und Wut zu einer gefährlichen Substanz. Meine Jutta kam auf mich zu und wollte auch mal auf so ein Wunderwerk der Technik blicken.

„Stell mir jetzt bloß keine alberne Frage", sagte ich ihr vorsichtshalber.

„Versuch doch mal, ob er wieder anspringt. Nach der längeren Pause."

Überlegt hatte ich das ja auch schon. Es ist ja auch das einzige, was einem bleibt. Der Versuch war kläglich verlaufen. Immer nur dieses leiernde Anlassgeräusch und nach mehreren Versuchen die Gewissheit, dass auch die Batterie langsam die Lust verlor.

„Haben wir überhaupt noch Benzin im Tank?", fragte meine so geliebte Jutta. Aber genau das war eine der Fragen, die ich vermeiden wollte, als ich vorher darum gebeten hatte, mir keine albernen Fragen zu stellen. Mein Blick wurde verstanden.

„Lass uns erst noch einen Wein trinken", sagte Jutta beschwichtigend. Mit etwas nachdenklichen Mienen prosteten wir uns zu.

„Die 50 Kilometer bis Pontevedra werden wir irgendwie bewältigen müssen, um eine Werkstatt zu finden. Sollen wir ein Taxi nehmen?", fragte Jutta.

„Werden wir wohl müssen, denn weit und breit ist von einer Bushaltestelle nichts zu sehen."

Ich musste aufpassen, dass ich nicht vor Wut und Enttäuschung platzte, da der vermaledeite Wagen nicht bis Pontevedra ausgehalten hatte. Das ärgerte mich wahnsinnig.

„Habt ihr ein Problem?"

Ich hätte mich fast verschluckt an meinem Wein, als dicht neben uns am Tisch ein fröhlich grinsender, etwas unrasierter Mann stand und uns in klarstem Deutsch ansprach.

Meine Jutta sah mich fragend an und tupfte sich mit der Serviette die Stirn trocken.

„Ich bin Vittorio. Ihr habt so hilflos in euer Auto geblickt, was ist denn passiert?"

„Vittorio! Wie ... woher weißt du, äh sie ..., dass wir mit unserem Auto Probleme haben?"

„Ich liefere Muscheln und Krebse für die Restaurants. Von hinten aus der Küche habe ich euch beobachtet. Und ihr habt ein deutsches Kennzeichen. Ich kann Deutsch, also kann ich auch helfen. Ihr könnt Vittorio zu mir sagen."

„Dich schickt der Himmel! Woher kannst du denn so phantastisch Deutsch?"

„Ich bin Italiener, habe zehn Jahre in Cuxhaven gearbeitet und dort meine Frau Maria kennen gelernt, habe sie geheiratet und lebe jetzt in Spanien. Ganz einfach."

Das war die kürzeste Vita, die ich je gehört habe.

„Können sie uns ... kannst du uns kurz helfen?", sagte Jutta ganz ungläubig.

„Wir müssen nur nach Pontevedra kommen, in eine Autowerkstatt. Vielleicht können sie ... kannst du uns nur als Dolmetscher helfen, damit wir wissen, was repariert wird und was es kostet."

Typisch Frau, denkt praktisch und an ein nächstes Ziel. Mich hatte der freundliche und hilfsbereite Mensch im ersten Moment mehr interessiert als alles andere. An einen Drink mit ihm, an eine längere interessante Unterhaltung, aber Jutta hatte mit ihrem Vortrag alles auf ein anderes Gleis gefahren.

„Ob ich euch kurz helfen kann, hängt ja nicht nur von mir ab, aber ich werde es versuchen.

Ich muss zwar noch arbeiten, aber ich fahre euch zu einer Werkstatt. Ich habe da einen Freund, der kümmert sich darum. Ich rede mit ihm und dann holt er erst einmal euer Auto ab. In Spanien darf man nicht abschleppen."

Unseren faulen Wagen schoben wir auf den Parkplatz des Restaurants. Vittorio erklärte dem Restaurantchef, dass der Wagen von einer Werkstatt abgeholt wird und so lange stehen bleiben kann.

Vittorio nahm uns in seinem Auto, einem Renault-Lieferwagen, mit nach Pontevedra. Der strenge Fischgeruch darin passte zur Bemerkung von Jutta, die mir ins Ohr flüsterte: „ ... ich hab da einen Freund - mir ist gar nicht wohl dabei."

Fisch am Hafen (fangfrisch) hat gottlob einen ganz anderen Geruch als in so einem Auto, sonst müsste man einen Urlaub an der Küste überdenken.

Jutta machte mich ganz unsicher und förderte Gedanken in mir nach oben, die ich bis dahin nicht hatte.

Ich blickte Vittorio von der Seite her an und sein Fahrstil passte zu seinem Aussehen – ziemlich verwegen.

Als wir vor der Werkstatt standen, war niemand zu sehen. Mittagszeit – Siesta. Alle Fensterläden zu. Stille.

„Ich gehe schnell rein. Bleibt mal im Auto."

„Jutta, jetzt ist gut. Wir haben gar keine andere Wahl, als jetzt Vertrauen zu entwickeln."

„Italiener in Spanien - abgelegen an der Küste. Ich notiere mir die Firma und die Autonummer", sagte Jutta.

„Meinetwegen. Aber das soll es dann auch gewesen sein."

Eine weitere Diskussion wurde dadurch unterbrochen, dass Vittorio mit seinem Freund auftauchte.

„Ich muss mich eilen und wieder zu meiner Firma. Pepe fährt mit euch das Auto holen und sieht sich an was kaputt ist.

Gegen Abend ruft er bei mir an und berichtet."

„Ja aber, ... wo kann man uns denn erreichen, wenn das Auto..."

„Wenn das Auto hier in der Werkstatt ist, geht ihr zu mir nach Hause. Meine Frau weiß bescheid und erwartet euch.

Zu mir sind es etwa 15 - 20 Minuten zu Fuß. In der Straße, in der ich wohne, fragt ihr nach dem Italiano. Jeder weiß, wo ich wohne.

Ich Jugendtrainer im Fußballclub. Hausnummer gibt es nicht bei uns in der Straße. Tschüüüs."

Dieses Tschüüs klang dermaßen vertraut, dass ich überhaupt keine Bedenken mehr hatte, wie sie Jutta beseelten.

Schon saß Vittorio wieder im Auto und brauste los. Alles Folgende lief stumm ab. Sprechen hätte nichts gebracht, denn Pepe konnte nur Spanisch. Aber Pepe wusste, was zu tun war. Er nahm seinen Abschleppwagen, etwas abenteuerlich und sehr laut, aber er fuhr wenigstens.

Nach einer sehr stillen halben Stunde, im Autoradio hörten wir Weihnachtsklänge, erreichten wir unseren Wagen. Freundlich grinsend ging Pepe an seine Aufgabe und hob die Motorhaube nach oben. Er schüttelte den Kopf und zog unser Auto auf die Pritsche des Abschleppwagens.

Zurück in der Werkstatt, holten wir das Wichtigste aus dem Auto, packten alles in eine Tasche und die Wertsachen in einen Fotokoffer.

Inzwischen baute Pepe aus dem Motor auch schon etwas aus. Wir machten uns, mit einem etwas flauen Gefühl im Magen, auf den Weg zur Calle Felicidad, dort wo Vittorio wohnen soll.

Etwas eigenartig kam uns die Sache schon vor. Und immer noch nieselte es leicht, was zu unserer Verfassung passte.

Wir waren wohl zehn Minuten unterwegs, da wollte ich einfach mal testen, ob die Frage nach dem Italiano funktioniert.

Die Hilflosigkeit, kein Spanisch zu sprechen, machte mich verlegen und ängstlich. Und daß ich in dieser abgelegenen Gegend auf jemanden treffen würde, der mich versteht, war mehr als zweifelhaft.

Vittorio war wohl der glückliche Zufall, die Ausnahme. Viel war auf den Straßen nicht los. Das Wetter eben. Eine Frau kam uns aber doch entgegen. Ich baute mich vor ihr auf und fragte: „Italiano?", wobei ich mit der Schulter zuckte, als Bekräftigung, daß ich nicht weiß, wo ich ihn finden konnte.

„Hablar Italiano?", fragte ich.

„No!", sagte die Frau freundlich.

Da fiel Jutta ein, daß wir unser Universal-Wörterbuch im Photokoffer haben. Ich kramte es heraus und hielt die Frau sacht am Arm, aus Angst, sie könnte uns davonlaufen. Aber sie stellte ihren Korb ab, was nach einer längeren Pause aussah.

Jutta blätterte hastig die Seiten und meinte dann: „Ich glaube, wir fragten, ob sie Italienisch spricht."

Auf den beiden letzten Seiten unseres Wörterbuches stand wohl alles, was wir brauchten. Und ich strotzte plötzlich vor Selbstbewusstsein.

„Tiene usted un poco de gasolina ?"

Der Blick der guten Frau kreuzte sich sofort mit dem von Jutta. Ich hatte den falschen Satz abgelesen. Ihr Blick war fragend, meiner entschuldigend. Natürlich wird sie kein Benzin für und haben. Ich brauche ja auch keins.

„Tenemos averia", las ich dann ab.

Nun blickte sie besorgt, denn wer freut sich schon, wenn er von einer Panne hört. Warum hat sie jetzt Jutta so mitleidig angesehen?

Bis ich den Worten der Frau entnehmen konnte, was sie sagte, dauerte es eine Weile. Aber dank des Universal-Wörterbuches ......

Wie sie uns helfen konnte, wusste ich im Moment auch nicht genau, denn ich wollte nicht wieder fragen, ob sie Italienisch kann. Mein Universal ...

„Amigo Italiano? En qué dirección tengo que ir?"

Jetzt wollte ich wissen, wo er wohnt. Als letzter Versuch, auch wenn es ein abgehacktes Spanisch mit einzelnen Wortelementen war.

„Ahhh - el Italiano? Si, si", jubelte sie fast.

Jutta neben mir jubelte auch, als sie hörte, daß wir erfolgreich waren und Vittorio wohl nicht schwindelte. Ein Glückstag!

Die freundliche Dame wies uns die Richtung mit allerlei Erklärungen, aber wir folgten nur ihrem bewegten Arm, der für uns wie ein Dolmetscher wirkte. Erleichtert liefen wir in die angegebene Richtung. Hin zum Italiano.

Jutta und ich überlegten uns gerade, ob wir etwas trinken sollten, da fiel mir das Straßenschild an einer Hauswand auf: Calle Felicidad. Wir waren da. Wenigstens gab es die Straße. Und was für eine Straße.

Zuhause gab es etwas ähnliches, oben im Wald. Einen Karrenweg, eine Art Handelsweg aus dem Jahre 1515 oder so. Hier diente sie, trotz des Nieselregens, als Fußballplatz, als Kommunikationszentrum für Nachbarn, als Wüsten-piste und als Härtetest-Strecke für Allradfahrzeuge.

Bei stärkerem Regen allerdings nicht befahrbar oder überhaupt benutzbar. Ich denke, daß sie dann zur Seenplatte der Calle Felicidad wird.

Aber im Augenblick war es der Prachtboulevard, das Ziel unserer Wünsche.

In diesem Moment konnte ich mir einfach nichts Schöneres vorstellen. Und Jutta war ganz meiner Meinung.

„Ist das nicht herrlich hier?"

„Was für eine Frage!"

„Meinst du, wir könnten jetzt einfach Vittorio sagen und alle wissen, in welchem Haus er wohnt?"

Ich suchte insgeheim nach einer Person, die mir geeignet schien. Ein Junge mit einem Fußball war mein „Opfer". Das schien mir die beste Möglichkeit, da Vittorio doch Jugendtrainer war, wie er sagte.

Mein Vorhaben fand ein jähes Ende. Energisch wurde der Junge gerufen, als ich auf ihn zuging. Er schnappte seinen Ball und rannte davon.

Zwei Häuser weiter stand noch ein Junge. Der sollte es dann sein. Gerade wollte ich zur Frage ansetzen, winkte etwa drei Häuser weiter vorn links eine Frau und rief laut Jutta!"

Ich blickte sie an und sie mich.

„Das fasse ich nicht", sagte Jutta wie überrumpelt.

Wortlos gingen wir die kurze Strecke zu der Frau, die sich freundlich lächelnd vor uns aufbaute.

„Seid ihr die zwei mit dem kaputten Auto? Vittorio hat schon angerufen."

Das musste Maria sein. Wer sonst konnte etwas von uns oder über uns wissen? Plötzlich überkam uns ein Gefühl, das man mit nichts vergleichen konnte. Der Anblick von Maria war erfrischend wie ein gekühltes und frisches Glas mit Sprudel. Sie begrüßte uns wie alte Freunde, dass uns unsere anfängliche Skepsis beschämte.

Dass Maria uns, wie auch schon Vittorio, in fließendem Deutsch begrüßte, war wie Balsam auf unserem angekratzten Selbstbewusstsein.

Das büßten wir anfänglich ein, als wir uns mit dem Stillstand unseres Autos hilflos vorkamen.

„Jutta, ich glaube, unser Besuch in der Kathedrale von Santiago de Compostela hatte doch einen Sinn." Bei diesem Glücksgefühl fiel mir in der Situation nichts anderes ein, als auf unsere Bitte in der Kathedrale hinzuweisen.

Maria bat uns in ihr Haus. Man konnte es als Reihenhaus bezeichnen. Die Fassade war sauber verputzt und in einem freundlichen beige gestrichen. Die sonst wohl staubige Straße, ein festgefahrener Sandweg, grenzte direkt an den Hauseingang. Ein Gehweg war vor dem Haus nur angedeutet, aber auch nur vor diesem Haus. Geebnet und sauber gerecht, das Unkraut an der Hauswand entfernt. Die lange Hausreihe sah aus wie ein Güterzug. Eigentlich wenig einladend. Aber die etwa hundert Meter Reihenhaus, rechts und links der Calle Felicidad, erschienen uns wie eine Villengegend.

Maria freute sich noch immer über unseren Besuch, und hörte gar nicht auf, uns freundlichst zu begrüßen.

„Ihr ruht euch erstmal aus und nehmt eine Dusche. Zum Abendbrot sage ich bescheid. Vittorio kommt auch erst etwa 18.00 Uhr von der Arbeit nach Hause." Während ihres Vortrages schubste sie uns sachte und mit vielen Komplimenten ins Obergeschoss und zeigte uns das Zimmer, in dem wir uns ausruhen sollten. Das Wort „Dusche" brachte bei Jutta verloren gegangene Energie zurück.
Ich blickte mich derweil im Zimmer um und genoss die Sauberkeit, während Jutta in der Dusche fröhlich vor sich hin pfiff. Wir befanden uns im Schlafzimmer von Maria und Vittorio. Welch ein Vertrauen, welche Gastfreundschaft. Ich war überwältigt.

Auf den kleinen Nachttischen, auf dem Bett und auf kleinen Regalen an der Wand saßen und lagen Puppen in allen Größen, gekleidet in phantasievolle Gewänder.

Jutta war geduscht, ich war geduscht. So saßen wir auf dem Bettrand und wunderten uns. Unser Auto hatten wir fast vergessen. Es klopfte jemand an die Tür.
„Ich bringe euch einen Kaffee und ein bisschen spanisches Gebäck. Ich dachte, ihr hättet Lust darauf. Vittorio hat angerufen, dass für euer Auto ein Teil bestellt werden muss, das erst morgen geliefert werden kann. Vittorio wird bald kommen."

Und das alles drei Tage vor Heiligabend. Der nächste Tag war der 21. Dezember, ein Freitag, und Pepe wollte noch vor dem Wochenende den Wagen fertig haben.

Maria stellte den Kaffee ab und Jutta konnte nicht anders, als Maria für ihre Idee zu danken und ihr einen Kuss zu geben. Wenn nicht, hätte ich es getan.
Jutta und ich berieten, was wir tun könnten, um uns für die Gastfreundschaft zu bedanken, da klopfte es wieder, aber ganz leise, ganz zurückhaltend. Die Uhr zeigte 17.40 Uhr an
„Ja bitte?", sagte Jutta.

Ganz sacht wurde die Türklinke nach unten gedrückt und die Tür in Zeitlupe geöffnet. Grinsend, bis über beide Ohren, schob sich ein Kinderkopf durch den Türspalt. Ein Junge. Seine Hand umfasste noch die Türklinke und es sah aus, als hinge er daran und die aufgehende Tür zöge ihn hinter sich her.

„Komm", sagte er – gleichzeitig rannte er nach unten.

„Papa ist da", plapperte er im Davonlaufen.

„In Deutsch", sagte Jutta nur erstaunt.

Wir packten die Kaffeetassen und Teller zusammen und gingen ins Erdgeschoß. Dort erwarteten uns Maria, Vittorio, zwei Buben und die Mutter von Maria.

„Habt ihr euch ausgeruht und den Schreck mit dem Auto verdaut?", fragte Vittorio freundlich grinsend. Er sah aus, als wäre er ein Bankangestellter und nicht Fisch-Fahrer einer Fischzuchtanlage.

Er war geduscht und roch angenehm. Ich musste ihn jetzt einfach fragen: „Bist du schon lange hier? Du siehst aus, als wolltest du ausgehen."

„Ich habe nur schnell meinen Feierabenddress angelegt. Eine Dusche haben wir auch hier unten, also brauchte ich euch nicht zu stören. Wie war das mit dem Schreck?"

„Haben wir verdaut, ganz toll. Unsere Lebensgeister sind wieder zurückgekehrt. Außerdem hat uns Maria super betreut."

Vittorios Augen glänzten vor Stolz. Ich streichelte Maria dabei anerkennend über die Schulter und wendete mich dem Buben zu:

„Woher kannst du so gut Deutsch?"

Er blickte seine Mutter an und wirkte dabei etwas hilflos.

„Er und sein Bruder können kein Deutsch, er hat vorhin nur gefragt, was er sagen soll, wenn er euch abholt", sagte Maria, und weiter: „Das ist Enrique – er ist sechs Jahre und das ist Carlo, vier Jahre. Das ist meine Mama, Elvira."

Jetzt kannten wir die Familie von Maria. Vittorio stand inzwischen mit einer Flasche gekühltem Bier neben mir.

„Prost, auf euren Besuch."

„Auf euch, Vittorio. Auf eure Hilfe, wofür wir uns schon jetzt bedanken möchten."

Vittorio nannte es Besuch. Mir fiel ein, dass man wohl in Deutschland eine andere Vokabel dafür finden müsste. Notgedrungene Anwesenheit oder so ähnlich.

„Ihr bleibt noch über Nacht. Euer Auto wird morgen erst fertig."

Damit war das Thema Auto abgehakt. Vittorio führte uns auf den kleinen Hinterhof, der mit Agaven – und Oleandertöpfen bestückt war.

Dazwischen hingen Zwiebeln, abgedeckt mit einer Plastikplane, damit der Nieselregen sie nicht nass werden ließ.

Carlo und Enrique saßen auf kleinen Stühlchen vor ihrem Tisch. Ihre Oma füllte ihnen eine Fischsuppe mit Kartoffelstücken in die Teller.

Enrique musste zu seiner Oma etwas gesagt haben, was sie ganz energisch kommentierte, denn er zog etwas beleidigt die Mundwinkel nach unten. Sagte aber gar nichts mehr.

„Ich habe uns für heute frische Austern mitgebracht", sagte Vittorio.

Das erste Mal, daß wir Austern essen. Ich war etwas unsicher, da es mir unbekannt war. Jutta dagegen wurde von freudiger Neugier befallen.

„Später lade ich euch auch noch zu Tapas ein. Unser Freund, Jorge Alonso, hat ein kleines Restaurant, ein paar Minuten zu Fuß von hier."

Jutta und Maria hatten sich prächtig in der Küche unterhalten und lachten unentwegt.

Vittorio erzählte mir von seinem Job und wie er von Sardinien über Cuxhaven nach Spanien kam. Die Liebe machte es möglich.

In Übereinstimmung mit Maria gaben sie einem Sohn einen spanischen, dem anderen einen italienischen Namen. Beide wuchsen zweisprachig auf.

Maria und Vittorio konnten zudem noch Deutsch. Beneidenswert.

Wir verstanden uns alle vier dermaßen gut, daß wir das Gefühl hatten, wir kennen uns bereits viele Jahre. Der Abend bei Tapas und Wein wurde ein bleibendes Erlebnis.

Nachdem Maria uns klarmachte, daß wir das Schlafzimmer für die Nacht nehmen müssen, weil wir Gäste sind, haben wir es akzeptiert und eine hervorragende Nacht verbracht. Was haben wir da für Freunde bekommen. Maria zauberte ein super Frühstück und Vittorio ließ ausrichten, daß er ab Mittag zur Verfügung stünde. Er nahm einen halben Tag Urlaub. Maria deutete sachte eine weitere Überraschung an. Was hatten sie vor? Die Kinder waren bei der Oma im Dachgeschoß.

Maria führte uns nach oben und ihre Mutter führte uns vor, womit sie auf dem Markt ein paar Pesetas verdient. Marias Mutter fertigte Muschelketten. Sie färbte kleinste Muscheln, nicht größer als Erbsen, in verschiedenen Farben ein und zog sie mit einer Nähnadel auf.

So entstanden farbenprächtige Geschmeide. Sie sammelte die kleinen Muscheln auch selbst am Strand. Gemeinerweise nennt man so etwas „Negerarbeit."

Jutta versuchte sich an der Einfädelarbeit, hatte aber nicht den gewünschten Erfolg, worüber Oma sich köstlich amüsierte.

Vittorio war pünktlich. Mit Überraschungen in der Tasche.

„Euer Auto ist heute Nachmittag fertig", war die eine Überraschung. Die andere kam dann langsam auf uns zu. Jutta, Maria und ich sind bei Vittorio ins Auto gestiegen und er fuhr mit uns zur Muschelfarm, der Firma seines Arbeitgebers.

Der Tag schien gut zu werden, es schien die Sonne und es war angenehm warm, fast 18° C.

Die Schönheit der Bucht, in der die Muschelbänke lagen, verwöhnte unsere Augen. Ob wir dies bei unserer Rundreise auch entdeckt hätten, ist die Frage.

In der Muschelfarm standen wir vor riesigen Becken, die ständig von fließendem Wasser versorgt werden.

In der Tiefe bis zu einem halben Meter lagen die Muscheln, Hummer, Krebse und Langusten. Die schmackhaften großen Schalentiere hatten alle ihre Scheren verbunden, damit sie nicht zupacken können, wenn sie für den Versand herausgeholt werden. Die Muscheln lagen für mehrere Tage in fließendem Wasser - wegen Reinigung. Eine Menge Arbeit bis zum Verzehr.

Einen Hummer zu halten, unter der sicheren Aufsicht von Vittorio, veranlasste Jutta, ein großes Exemplar zu greifen. Hätte Vittorio nicht beherzt eingegriffen, der Hummer hätte mit seinem schlagenden Schwanz Juttas Hand wahrscheinlich schwer verletzt.

Das Knallgeräusch des schlagenden Schwanzes gegen den Bauch des Tieres hatte mich tagelang nicht verlassen. Es war ständig in meinem Ohr.

Der Nachmittag war ein tolles Erlebnis, bei dem wir ganz frischen Krebs mit Chips kennen lernten. Ein süffiger Wein rundete das Ereignis ab.

Mit gemischten Gefühlen setzte uns Vittorio bei seinem Freund ab, der unser Auto wieder fahrbereit machte.

Lust, das Auto wieder in Empfang zu nehmen, stellte sich nicht ein. Der Preis, den wir zu zahlen hatten, machte uns betroffen. Die 60,-- DM Materialpreis waren alles.

Die Arbeitszeit wurde nicht berechnet. Es wäre eine Freude, Freunden von Vittorio geholfen zu haben.

Meine Sprachlosigkeit äußerte sich in einer nicht zu übersehender Verlegenheit.

Jutta und Maria waren gegenüber in einer Töpferei und schauten sich um. Bunte und lange Keramikkatzen waren das ersehnte Ziel für Jutta. Sie liebte diese verschieden langen Katzenskulpturen.

„Wisst ihr was? Ihr bleibt noch über Weihnachten unsere Gäste."

Das Angebot von Vittorio haute uns fast um. Aber gefreut hat es uns enorm.

„Aber nur, wenn wir euch die nächsten drei Tage einladen und für die Übernachtungen zahlen dürfen", sagte ich mit der Überzeugung, etwas Vernünftiges gesagt zu haben.

Maria und Vittorio sahen aus, als wenn ich ihnen gesagt hätte, dass sie jetzt aus ihrem Haus ausziehen müssten. Ich glaube, sie waren beleidigt.

„Dann müsst ihr fahren. Ich habe euch freiwillig zu unseren Gästen gemacht. Meine Entscheidung. Genauso kann ich entscheiden, ob ihr bleibt oder nicht. Wenn ihr aber fahren wollt, akzeptieren wir das natürlich."

„Entschuldigung, Vittorio. Wir nehmen das Angebot an und bleiben gerne noch."

„Dann lasst uns fahren."

Bei Jorge Alonso, der uns ebenfalls schon familiär begrüßte, verbrachten wir einen feuchtfröhlichen Abend unter lauter tollen Gastgebern.

Auch bei ihm war alles weihnachtlich geschmückt und langsam machten wir uns Gedanken, wie wir das mit Geschenken handhaben wollten, denn so ohne ..., das wollten wir nicht. Und wir hatten nur noch den Samstag.

Da die Adventszeit in Spanien recht ruhig verläuft, hatten wir manchmal nicht das Gefühl, dass Weihnachten vor der Tür stünde, aber Stunde um Stunde kam es näher.

Jutta und ich besorgten Kleinigkeiten für die Kinder, die Oma, Maria und Vittorio. Unser Auto lief wieder wie geschmiert. Nachdem wir für die Oma eine neue schwarze Haube erstanden hatten, fanden wir auch etwas für die Buben. Auch für Maria und Vittorio hatten wir etwas gefunden. Allerdings hatte ich schon Angst, dass Vittorio wieder etwas ungehalten reagieren würde.

Am Morgen des Heiligabends erklärte Vittorio beim Frühstück, dass es in Spanien anders zugeht als in Deutschland. Die eigentliche Bescherung ist am 6. Januar.
Jutta und ich mussten schlucken, hatte sich doch unser Weihnachtseinkauf anscheinend als Fehlschlag erwiesen. Dann erfuhren wir:
Zum „Noche Buena", der Heiligen Nacht, versammelt sich die Familie nur zu einem sehr üppigen Weihnachtsessen, zu der die Spezialität „Turron" zum Festessen gereicht wird. Und nach dem Essen kommt ein großer Topf, die „Urne des Schicksals", auf den Tisch. Jeder darf daraus ein kleines Geschenk ziehen, aber auch Nieten. Man zieht so lange, bis man etwas gefunden hat.
 Das war neu für uns und gleichzeitig ein Glück, konnten wir doch unsere kleinen Geschenke mit in den Topf legen. Sie passten gerade so rein. Natürlich mussten wir den Buben erklären, dass sie die Haube der Oma zogen und etwas von Mama oder Papa. Die ganze Prozedur hatte sich zu einem lustigen Spektakel entwickelt und wir kamen aus dem Lachen gar nicht mehr raus.

Dass die Oma vor lauter Freude über ihre neue Haube aus Seidenstoff weinte, machte uns verlegen, aber auch glücklich, fanden wir doch das rechte Geschenk für sie.

Dann gab es noch eine Überraschung, denn Jutta und ich überlegten, wo der Weihnachtsbaum stehen könnte.

Später am Abend sagte Maria, dass es nur eine Krippe gäbe. Sie sei der wichtigste Bestandteil zum Fest.

Nach dem guten Essen und der spaßigen Geschenkziehung an der „Urne des Schicksals" ging es um Mitternacht zur „Misa del Gallo", der Mitternachtsmesse. Danach ging es noch zum Marktplatz und alle sangen Weihnachtslieder am Feuer. Ich hätte nie gedacht, dass ich an einem Heiligen Abend so früh am Morgen ins Bett fallen würde. Die Feier war berauschend.

Am 26. Dezember wollten wir uns verabschieden, mussten aber noch einmal zwei Tage verlängern.

„Ihr könnt jetzt auch noch die zwei Tage dranhängen, denn am 28. Dezember haben wir noch etwas vor. Da ist der Tag der unschuldigen Kinder", sagte Vittorio.

Der „Dia de los Inocentes" sollte ein weiteres Highlight werden.

Dann werden im ganzen Land Streiche gespielt und die Menschen zum Narren gehalten. Ein vorgezogener 1. April.

Die „Fiesta de la Coretta", die vom 30. Dezember bis zum 1. Januar geiert wird, mussten wir auslassen. Kurz vor Mitternacht trifft man sich auf dem Rathausplatz und verspeist bei den 12 Glockenschlägen, die das neue Jahr einläuten, 12 Glückstrauben „uvas de suerte".

Wir hatten so viel Tradition und Gastfreundschaft erlebt, dass wir keinen Platz mehr hatten für noch mehr Glücksgefühle. Wir mussten wirklich wieder die Heimreise antreten, damit wir unsere 14-Tage-Tour einhalten konnten.

Pontevedra war ein Erlebnis auf unserer Reise, das wir nie vergessen konnten, denn noch heute schicken wir Briefe hin und her.

Die Jungs von Vittorio und Maria leben auf Sardinien und unterhalten zu zweit ein Hotel in dem Ort, wo Vittorio aufgewachsen war. In Aritzo, in den Bergen des Gennargentu.

Maria und Vittorio stehen in regem Briefkontakt mit uns, der über die Jahre nie nachgelassen hatte.

Fast hätte ich damals mit meiner Art, etwas Gutes tun zu wollen, unsere Verbindung zerstört.

Denn als Jutta und ich damals Pontevedra verließen und uns herzlich von Maria und Vittorio verabschiedeten, legten wir im Schlafzimmer von Maria zwei Hundertmarkscheine unter einen Flacon. Wir waren beruhigt und zufrieden, doch noch etwas losgeworden zu sein und einen Überraschungscoup gelandet zu haben.

Eine Woche nach unserer Rückkehr in Deutschland kam ein Brief von Vittorio. Inhalt: Die zurückgelassenen 200,- Mark und ein Hinweis – „...habt ihr leider im Chaos, die Koffer zu packen, zwei Hundertmarkscheine verloren."

Der Wunsch, solche tollen Freunde um sich zu haben, ließ uns sofort zum Kalender greifen und wir legten ein Datum fest. Maria und Vittorio freuten sich. Sie ließen die Kinder für zehn Tage bei der Oma und besuchten uns.

Mit dieser Art, sich erkenntlich zu zeigen, waren sie voll und ganz einverstanden, denn Vittorio schrieb uns: „ Wir kommen gerne, weil ...- Freunde zu besuchen ist ein schöner Grund zu reisen."

Übermorgen, im Jahre 1997, packen Jutta und ich die Koffer, denn wir wurden nach Sardinien eingeladen.
Der älteste Sohn von Vittorio heiratet in Aritzo. Jutta und ich sind Trauzeugen. Aber die größte Freude, die uns mit tänzelnden Bewegungen die Koffer packen lässt, ist die Tatsache, dass wir einen 14-tägigen Urlaub mit Maria und Vittorio verbringen können.
Ob wir aber in Aritzo auch nach dem Italiano fragen müssen, das sei dahingestellt.

Der Tag der Amaryllis

Ilse Ostermann studierte in Göttingen im 3. Semester Jura. Das ging sorglos, denn ihre Mutter hatte in zweiter Ehe einen wohlhabenden Kaufmann geheiratet. Dieser verstarb und hinterließ der Mutter ein kleines Vermögen.

Davon konnte die Mutter eine wunderschöne Wohnung für die Tochter in Göttingen anmieten, die für Ilse eigentlich zu groß war. Der Mutter konnte es nie groß genug sein. Ilse konnte dadurch ihren Freund mit in die Wohnung aufnehmen, und mit ihm in der Studienzeit Tisch und Bett teilen.

Die Mutter sah das zwar mit einiger Skepsis, musste aber die Entscheidung der Tochter akzeptieren. Nur die weite Entfernung von zuhause wollte die Mutter nicht verstehen. Ilse ließ sich aber nicht davon abbringen, Göttingen musste es sein.

Als der Vater von Ilse die Familie verließ, war sie gerade neun Jahre alt. Sie liebte ihren Vater über alles, und war damals sehr traurig, als ihr Vater nicht mehr da war. Viel später erfuhr sie erst, dass es eigentlich die Mutter war, die dem Verband Familie den Laufpass gab.

Da die Mutter es verstand, den Kontakt zum Vater völlig zu unterbinden, hat sie damit nur erreicht, dass Ilse dem Wunsch ihres Vaters entsprach, unbedingt nach Göttingen zu gehen, wenn sie einmal studieren sollte.

Dieser Wunsch des Vaters, der ihr nie aus dem Kopf ging, wurde realisiert.

Inzwischen war sie bereits eine junge Frau von 23 Jahren. An ihren Vater gab es nur sehr wenige Erinnerungen.

Fotos – Fehlanzeige, denn ihre Mutter hatte alles, was an den Vater erinnerte, gründlich vernichtet.

Bis auf eines, das Ilse damals bei einer Wanderung selbst aufnahm. Es zeigte den Vater mit dem Schäferhund auf einer Wiese. Sie bewahrte dieses Foto in ihrem Poesiealbum auf, und somit entging es der Vernichtung durch die Mutter.

Leider hatte sie den Vater sehr weit hinten im Bild, da der Hund beim Fotografieren auf sie zulief und damals wichtiger war, als alles andere.

Das Foto war inzwischen so oft durch ihre Hände gewandert, dass es ganz zerknittert war. Aber sie liebte das Foto, das sie an den Vater erinnerte. Ilse genoss die Wanderungen mit dem Vater an den Sonntagen, denn auf alle Fragen, die sie in Bezug auf die Natur an ihn stellte, hatte er eine Antwort.

Ganz spannend war es immer, wenn sie die großen Weinbergschnecken mit Namen versehen hatten, mit Filzschreiber auf den hellen Häuschen, und sie in der nächsten Woche wieder fanden. Manchmal - nicht immer. Da war zum Beispiel eine Schnecke, mit dem Namen ihres damaligen Lehrers versehen, zwei Wochen später wieder am Wegesrand aufgetaucht. Da krochen der Lehrer und ihre beste Freundin nebeneinander am Feldwegrand entlang.

Es gab aber auch Entdeckungen, die etwas trauriger waren. Als zum Beispiel eine der Schnecken vom Traktor überfahren wurde, und die rote Schrift auf dem zerquetschten Häuschen noch zu erahnen war.

Der geschriebene Name konnte allerdings nicht mehr festgestellt werden.

Es waren immer wunderbare Momente zusammen mit dem Vater, die das innige Verhältnis unterstrichen und förderten. Allerdings verbrachte sie über die Hälfte ihres Lebens mit dem Stiefvater, zu dem zwar ein gutes Verhältnis bestand, aber es war eben nicht das, was sie erwartete.

Die Erinnerungen an ihren Vater waren immer präsent und stark in ihrem Gedächtnis verankert. Oft dachte sie darüber nach, wie er jetzt wohl aussehen mag, und ob sie ihn überhaupt erkennen würde, wenn er plötzlich vor ihr stünde. Ihr Vater fehlte ihr sehr, deshalb hing sie auch so sehr an dem Foto, das einen ganz bestimmten Platz in ihrer kleinen Handtasche besaß, nachdem sie das Poesiealbum nicht mehr brauchte.

Ganz neue Töne

Es war der 18. August, als bei Ilse das Telefon klingelte. Auf dem Display erkannte Ilse das kleine „Unheil"- es war die Mutter, die in der letzten Zeit immer die gleichen Probleme zu besprechen hatte. Ilse konnte es schon nicht mehr hören. Manchmal wollte sie der Mutter sagen, dass sie es nicht mag, wenn sie ihr die Zeit stiehlt. Die Fragen waren aber auch immer gleich – warum studierst du nicht in Heidelberg? – Musst du mit dem Kerl zusammen wohnen? – Kannst du überhaupt kochen?
Solche Fragen waren endlos in ihrer Vielschichtigkeit.
    „Hallo Mama.
    „Ilse, mein Liebling, wie geht es dir?"
    „Gut Mama, was hast du auf dem Herzen?"
    „Mein Schatz, ich habe von Vatis Freunden aus Kanada eine Einladung erhalten, um Weihnachten und Silvester bei ihnen in Kanada zu verbringen."

Die Mutter pflegte immer Vati zum Stiefvater zu sagen, aber Ilse hörte das nicht so gern. Sie benutzte für den Stiefvater immer nur den Vornamen. Aber Ilse wollte und konnte ihre Mutter jetzt nicht mehr davon abbringen, Vati zu sagen. Ihren Bitten und Sorgen wollte die Mutter sowieso kein Gehör schenken. Also ließ sie es sein.

„Ich wollte rechtzeitig sagen, dass unsere traditionelle Weihnachtsfeier diesmal nicht zu Hause stattfindet. Du kannst aber nach Kanada mitkommen, das habe ich bereits geklärt."

Die Mutter hatte immer bereits alles geklärt und Ilse blieb meistens nichts anderes übrig, als zuzustimmen und sich verplanen zu lassen. Irgendwie hasste sie das alles, wollte aber der Mutter nicht vor den Kopf stoßen. Schließlich sorgte sie bestens für sie.

„Also Mama, wenn du nichts dagegen hast, werde ich hier bleiben und wünsche dir eine schöne Zeit. Wir können ja jederzeit telefonieren."

Ganz gegen ihre Art war die Mutter damit einverstanden. Ilse war darüber dermaßen erstaunt, dass das Gespräch einen ziemlich abrupten Schluss erfuhr.

Was für eine Chance, einmal etwas alleine zu planen und zu gestalten.

Aber Weihnachten war noch so weit, da konnte noch alles Mögliche passieren.

Göttinger Ansichten

Es jährte sich bereits zum neunten Mal, dass Gero Ostermann in der Nähe von Göttingen ein Weihnachtsfest beging. Gero feierte gerade seinen 54. Geburtstag.

Er bewohnte eine kleine Hütte inmitten einer Kleingartenanlage. Als Gero nach Göttingen kam, hatte er nichts mehr, außer dem Willen, ganz von vorn und ziemlich geordnet, ein neues Leben zu beginnen.

Er hatte Glück und bekam diese kleine Hütte mit Gartenanteil von einem Ehepaar, das zu alt war, die ganze Arbeit im Garten und der Hütte zu bewältigen.

Sie waren froh, dass jemand ihr kleines Anwesen behütete und pflegte. Gero zahlte dem Ehepaar eine jährliche Pacht, die seinen finanziellen Möglichkeiten entsprach. Da in der Hütte fließend Wasser und Strom vorhanden waren, konnte er dort richtig wohnen. Handwerklich geschickt, baute er um und aus und schuf sich so nach und nach ein gemütliches Zuhause.

In der lokalen Presse gab man Gero die Gelegenheit, ab und zu kleine Berichte zu veröffentlichen, die ihm immer ein paar Euro einbrachten. Nicht viel, aber es reichte ihm.

In einem nahe gelegenen Restaurant konnte er auch gelegentlich etwas arbeiten.

Insgesamt gesehen ermöglichte es ihm, nicht auf großem Fuß zu leben, aber doch anständig durch den Tag zu kommen.

Komfortabel war es, dass er sehr oft Gemüse, Obst und gekochte Speisen mitnehmen konnte, die nicht mehr verkauft wurden. Sein Kühlschrank hatte alles, was das Herz begehrt. Hungern musste er nie.Das Wichtigste aber war ihm seine Unabhängigkeit. Er konnte frei entscheiden. Das war im Leben nicht immer so, und nun dachte er nicht daran, das jemals wieder zu ändern.

Gero wurde von einem Hochgefühl getragen. Seit langer Zeit hatte er wieder mal versucht, eine Immatrikulationsliste der Uni zu bekommen. Im Restaurant lernte er einen Mitarbeiter der Uni kennen, der ihm diese Liste besorgte und die er nun in Händen hielt.

Es war die einzige Möglichkeit, vielleicht an seine Tochter heranzukommen. Denn über die Jahre waren alle Verbindungen abgebrochen. Ilse war mit der Mutter unbekannt verzogen, nachdem seine Exfrau einen anderen Mann heiratete.

Heute hatte er die Chance, zu erfahren, ob Ilse seinem Wunsch entsprach. Erstens zu studieren, zweitens in Göttingen. Aber vielleicht war sie einen ganz anderen Weg gegangen und die Vorfreude war umsonst. Gero setzte sich an seinen kleinen Küchentisch und goss sich ein Glas Rotwein ein, das er bei Kerzenschein genießen wollte. Es war für ihn ein kleines Fest, als er die Namensliste durchging und nach Ostermann suchte.

Der Name war zwar erst in der zweiten Hälfte der Liste zu erwarten, aber Gero begann mit dem „A" und genoss es, sich immer näher an den Buchstaben „O" heran zu lesen.

Er baute sich einen Spannungsbogen und zitterte innerlich sogar. Vor freudiger Erwartung einerseits und möglicher Enttäuschung andererseits. Gero war sogar kurz davor, nach dem Buchstaben „N" die Liste beiseite zu legen, um wieder etwas ruhiger zu werden.

Er setzte sogar beim Buchstaben „M" neu an und las Namen, die er schon längst gelesen hatte. Dann endlich – der Name „Ostermann, Ilse".

Vorm zu Bett gehen lief er noch eine Runde mit seinem Hund durch die Gartenanlage. Zufrieden legte er sich in der Nacht schlafen und träumte so allerlei aus vergangenen Tagen.

Feiertag - 3. Oktober. Vor Jahren bildete man wieder ein gemeinsames Deutschland. Und das musste regelmäßig gefeiert werden. Inzwischen feierten bereits die, die damals noch gar nicht recht wussten, was da geschehen war, taten aber so, als ob sie dabei gewesen wären.

Veranstaltungen mit Gedenkreden waren nur für wenige interessant, alle anderen nahmen den Feiertag als das was er war, ein freier Arbeitstag, der für die Familie oder die Hobbys genutzt wurde.

Aber was soll's, an den Stammtischen gab es ein nicht endendes Thema und man konnte so richtig darüber streiten, ob eine Vereinigung gut oder schlecht war. Aber Stammtische änderten noch nie etwas an den Realitäten.

Gero Ostermann war an diesem Feiertag auf dem Weg zum Friedhof, denn dort gab es eine Gärtnerei, die auch an diesem Tag bis Mittag geöffnet hatte.

Wie in jedem Jahr, wollte er eine Pflanze kaufen – eine Amaryllis.

Dieser Gärtner hatte die besten, das hatte er mit den Jahren herausgefunden. Immer zu Weihnachten, fast auf den Tag genau zu Heilig-abend, entfaltete die Amaryllis ihre Blütenpracht. Und das, so erinnerte er sich, war seit jeher so; also sollte es auch in diesem Jahr so sein.

Wo Gero die Amaryllis platzieren würde, wusste er schon – am Fenster, direkt neben dem Esstisch. Eine gute Pflege war ihr gewiss, denn es war die Grundlage für eine außerordentlich schöne Blüte zur gewünschten Zeit.

Traurige Tatsachen und ein Rätsel

Ilse kam eines Abends von einer Univeranstaltung nach Hause und war richtig geschafft. Sie hatte sich auf einen ruhigen Abend eingestellt und war ganz überrascht, als sie in eine fröhliche Runde von Kommilitonen platzte. Ihr Freund hatte einige Freunde mitgebracht und die waren gerade dabei ihre Bierflaschen zu öffnen und sich die mitgebrachten Pizzen aufzuteilen.

Etwas genervt frage sie in die Runde, gemeint hatte sie aber ihren Freund, was das alles zu bedeuten hätte und verschwand sofort in ihr Zimmer.

Ronald lief hinter ihr her.

„Sag mal, was war denn das eben?"

„Ich wollte eigentlich mit dir gemütlich alleine ..., aber was soll's!"

„Mein Gott, wir haben heute die Gruppe komplett für die Skifreizeit vom 20. Dezember bis 4. Januar und wollten ein bisschen planen und feiern."

„Ach ..., ohne mich zu fragen, werde ich einfach so verplant", erklärte Ilse richtig giftig.

„Du bist halt auch mit dabei. Wir haben doch das immer gemeinsam gemacht."

„Haben wir? Ich bin es leid, immer verplant zu werden und immer zu allem ja zu sagen. Das war schon bei meiner Mutter so und ..., gerade dieses Jahr konnte ich mich einmal durchsetzen und eine eigene Entscheidung treffen, da kommst du und übernimmst ihre Stelle nahtlos. Aber jetzt wird das anders. Ich sage nein!"

„Du bist aber ganz schön zickig jetzt."

„Eben, mag sein, aber ich werde diesmal nicht mitfahren."

„Dann fahre ich eben ohne dich!"

„Gut, viel Spaß – Hals und Beinbruch."

Ilses Freund war so geschockt, dass er wortlos das Zimmer verließ und ziemlich heftig die Tür schloss.

Ilse zuckte bei dem Knall zusammen, atmete kräftig durch und legte sich lang auf ihre Couch. Bei den Freunden zurück am Tisch, hörte sie Ronald sagen: „Scheiße. Sie will nicht mit, ich muss ohne sie Silvester feiern."

„Die Heidrun fährt doch mit, die ist auch allein."

Die Lacher der Freunde hörte Ilse zwar, aber sie dachte nicht weiter darüber nach, es war ihr egal.

Wichtig war ihr in dem Moment, daß sie sich durchsetzte, und sie begann an ihrem Selbstbewusstsein Gefallen zu finden.

In der Folgezeit kühlte das Verhältnis zu ihrem Freund merklich ab, zudem blieb er auch immer öfter über Nacht weg. Am 10. November kam sie dazu, als er seine Sachen packte und ohne große Worte die Wohnung verließ.

Sie ging daran, vieles in der Wohnung umzuräumen, hatte sie doch jetzt noch mehr Platz. Etwas Wehmut befiel sie dabei schon, aber eine Umkehr kam nicht in Frage.

Und wenn sie jemand anderes kennen lernen würde, da hatte sie nie Probleme, wäre das vielleicht nicht schlecht, so vor Weihnachten. Aber wieder in ihre Wohnung jemanden aufnehmen, das nicht.

Als sie am nächsten Tag ins Büro der Univerwaltung ging, kam die Sekretärin auf sie zu und sagte zu ihr, dass ein älterer Mann nach ihr gefragt hätte. Er wäre ein Onkel und erfuhr, dass sie in Göttingen studiere. Ilse war so erstaunt darüber, dass sie zwar überlegte, konnte sich aber nicht vorstellen, wer nach ihr gefragt haben könnte.

Die Vorhaben an diesem Tag erledigte sie nicht sehr konzentriert und verließ nachdenklich die Uni. Sie zog ihren Mantelkragen bis über die Ohren hoch, denn es war bereits bitterkalt geworden. Der erste Schnee fiel in diesem Jahr sehr zeitig.

„Ein älterer Herr, ich kenne keinen älteren Herrn", redete sie mit sich selbst.

Ein erster Versuch

Gero Ostermann erfuhr inzwischen von einer Studentin, die er einfach vor der Mensa ansprach, wer Ilse ist und wo sie wohnt.
Weil er glaubhaft versicherte, dass es eine Überraschung zu Weihnachten werden sollte, bekam er die Auskunft, die er brauchte.

Der erste Advent war vorbei und der Weihnachtsmarkt ging in die zweite Woche. Gero ging mit seinem Hund Rusty in der Nähe der Wohnung seiner Tochter spazieren, in der Hoffnung, dass er ihr irgendwie auf der Straße begegnen würde. Er wollte das Treffen mit ihr so gefühlvoll wie nur möglich angehen. Auf keinen Fall wollte er mit der Tür ins Haus fallen. Nachdem er 14 Jahre gewartet hatte, war jetzt nicht unbedingt Eile angesagt.
Gero stapfte durch die dünne Schneedecke, die sich in den letzten Stunden bildete, und die leuchtenden Weihnachtsgirlanden verbreiteten festliche Stimmung in die Adventszeit. Er lief gedankenverloren, immer den Blick auf die Wohnung von Ilse gerichtet, auf und ab. Rusty schnüffelte an den Hauswänden entlang. Die gleichmäßig fallenden Schneeflocken senkten sich in Geros Augen und es schien, als würde sich das Haus gegenüber bewegen. Im dritten Stock, Ilses Wohnung, brannte Licht. Im Schutz einer Litfaßsäule verharrte Gero, den dritten Stock gegenüber immer im Auge.

Langsam wurde es Gero zu kalt und auch Rusty hatte keine Lust, nur rumzustehen. Gero entschloss sich, an einem anderen Abend einen neuen Anlauf zu starten, um seine Tochter zu treffen.
Sollte er vielleicht einfach hingehen und klingeln und sagen: „Ich bin's, Papa." Nein.

Auf dem Weg zurück zu seiner Hütte, musste er über den Weihnachtsmarkt. Da kam ihm der Gedanke, dass sicher auch Ilse dort anzutreffen wäre – an irgendeinem Abend. Sie wohnte ja nur ein paar Schritte entfernt. Am nächsten Wochen- ende wollte er erneut sein Glück versuchen. Dafür hielt er sich den ganzen Nachmittag und den Abend frei. Von freihalten konnte nicht die Rede sein, Zeit hatte er ja genug.

Der zweite Anlauf

Es war gegen 19 Uhr, als das Licht in Ilses Wohnung erlosch. Als sie aus dem Haus kam, war ein junger Mann bei ihr, sie hakte sich bei ihm ein und sie lachten.
Ausgerechnet, das hatte gefehlt, dachte Gero. Ilse schlenderte mit ihrem Begleiter auf den Weihnachtsmarkt und schon der erste Glühweinstand war Endstation.
Die Bistrotische waren alle ziemlich umstellt und Ilse ergatterte gerade noch zwei Plätze. Gero besorgte sich ebenfalls einen Becher Glühwein und klemmte sich einfach neben den Begleiter von Ilse. Sein Hund hatte es sich zu Geros Füßen bequem gemacht.
„He, was soll das Alter, es ist kaum Platz hier, musst du da mit dem Hund auch noch dazwischen?", fauchte der Begleiter von Ilse recht schroff.
Sie schaute weg, als ob sie gar nicht dazugehören würde. Sie war sehr hübsch, und ihr buntes Stirnband, was sich über ihre Ohren spannte, kam Gero wie ein Heiligenschein vor.
Ihr langer geflochtener Zopf lag über dem Poncho, die Schneeflocken hielten sich daran fest und ließen den Zopf wie eine große Zuckerwatte aussehen.

Ilse wendete sich Gero zu und blickte ihn an. Er drehte den Becher Glühwein etwas verlegen in der Hand und bemerkte nur: „Ganz schön heiß, was?"
Ilse nickte ihm zu und lächelte ihn dabei an. Wenn sie bloß wüsste, was da in ihm vorging. Er war hingerissen von ihr und ihrer Ausstrahlung – die sie wohl nicht von der Mutter hatte, war er sich sicher.

„Ilse, lass uns gehen, das ist mir hier zu blöde und zu eng."
Ihr Freund ging bereits los und Ilse folgte ihm mürrisch, da sie so gar keine Lust verspürte, zu gehen. In der Eile hatte sie sich noch in der Hundeleine verhakt und stolperte. Gero nahm den Hund etwas kürzer und leerte seinen Glühweinbecher. Diese Zusammenkunft war nur von kurzer Dauer. Schade, dachte Gero, nahm seinen Rusty, schlenderte über den Markt und sah sich die Angebote in den Buden an. Dass er heute noch einmal einen Kontakt zu Ilse bekommen könnte, glaubte er nicht.
Gero war auf seinem Weg zwischen den Weihnachtsbuden, ging einen Schritt schneller, und kürzte den Weg ab, um dem ganzen Trubel zu entfliehen. Rusty hatte sogar Mühe, dicht bei Herrchen zu bleiben.
Der Geruch von Zimt, Glühwein, Maronen und Kräuterbonbons vermischte sich derart, dass es Gero den Geruchssinn durcheinander brachte. Jeder für sich war ja angenehm, aber alles konzentriert und so dicht beisammen, konnte es einem die Lust an der einen oder anderen Sache schon verderben.
Als Gero hinter zwei Buden vorbei schlich, hörte er erregte Stimmen. Eine davon glaubte er Ilse zuordnen zu können. Er blieb Stehen und lauschte ins Dunkel. Tatsächlich, das musste Ilse sein, die erregt sagte, fast schrie: „Au, du tust mir weh!"

Gero ging, den Hund hinter sich herziehend, schnell auf die Personen zu. Er konnte gerade noch erkennen, wie der Mann Ilse eine schallende Ohrfeige verpasste. Gero stand bereits hinter dem Mann und tippte ihm auf die Schulter. Als der sich umdrehte, schlug Gero ihm die Faust ins Gesicht. Der Mann ging zu Boden. Es war der Begleiter seiner Tochter, der mit ihr so genervt den Bistrotisch verlassen hatte. Als der sich wieder hochrappelte, murmelte er etwas und verschwand im Dunkel, auch weil Rusty sich fürchterlich anstellte und ihn ankläffte.

„Sind sie verletzt?", fragte Gero.

„Nein, aber es schmerzt im Gesicht – und sie?"
Gero betrachtete seine rechte Hand und rieb sie sich etwas.

„Warum haben sie das getan?", fragte Ilse erstaunt.

„Ein bisschen weh tun die Knochen schon", dabei lächelte Gero verlegen. Ilse hatte Nasenbluten und Gero gab ihr ein Tuch, um es abzutupfen.

„Vielen Dank – sind sie nicht der Herr vom Glühweinstand? Das ist ja ein Zufall."

„Zur Frage – ja, bin ich. Zum anderen....- schon möglich."

Gero überlegte fieberhaft, wie er die Sache ausdehnen konnte, um näher an seine Tochter heran zu kommen. Beide gingen noch eine Weile über den Markt und unterhielten sich lebhaft über Gott und die Welt. Ilse musste sich immer wieder das Blut von der Nase tupfen.

„Ihr Hund ist ja ein ganz lieber."
Ilse streichelte Rusty über den Kopf und er schien es zu genießen. Plötzlich wurde Rusty zur Brücke zwischen Gero und seiner Tochter. Eine große Chance für Gero – eigentlich für beide.

Sie fanden sich sympathisch und verabredeten sich locker für ein weiteres Treffen auf dem Weihnachtsmarkt. Irgendwann würde man sich bestimmt begegnen, so zwischen 19 und 20 Uhr.

Annäherung

Nachdem zwei Tage Pause eingetreten war, sahen sie sich fast täglich zur gleichen Zeit am Glühweinstand. Man unterhielt sich und lachte zusammen, und Rusty eroberte endgültig das Herz von Ilse.
Es gehörte schon fast dazu, dass man an den Abenden mit Rusty einen gemeinsamen Spaziergang unternahm. Inzwischen wusste man einiges voneinander und man mochte sich.
Als Gero erfuhr, dass Ilse an Weihnachten allein sein würde, jedoch alle Studenten, die nicht nach Hause fuhren, gemeinsam eine Sause planten und an Heiligabend ein Essen veranstalten wollten, machte er einen Vorstoß.
Nun musste er handeln, ging es doch darum, seine Tochter wieder in die Arme schließen zu können.
Darauf wartete er 14 lange Jahre. Beim Verabschieden ging Gero in die Offensive.

„Ilse, ich möchte sie gerne zum Frühstück einladen."
„Wo ist das?", fragte Ilse endlich nach schier endlos scheinenden Sekunden.
„Lassen sie uns zu Fuß hingehen, es ist nicht weit, vielleicht 15 Minuten. Wollen sie?"
„Warum nicht, gehen wir!"

Ilse war überrascht, dass es eine Hütte in einer Gartenkolonie war und staunte, wie gepflegt alles aussah. Die Beleuchtung am Weg zur Hütte passte zum Gesamteindruck.

Klein aber fein. Da Ilse nun wusste, wo sie hinkommen musste, verabschie-deten sich beide.

„Also, bis zum Frühstück."

„Bis zum Frühstück", sagte Gero – sichtlich zufrieden, dass er keinen Korb bekam.

Für den nächsten Tag hatte Gero sich einiges vorgenommen und brachte seine Hütte auf Hochglanz.

Aber viel zu putzen gab es eigentlich gar nicht. Es war immer alles sehr ordentlich und sauber und deshalb auch nur ein anheben und wieder hinstellen von Gegenständen. Die Amaryllis zeigte bereits ihre großen weiß-rosa Blüten und eine Knospe war schon kurz davor aufzuspringen.

Sie wird bestimmt wunderschön aussehen, wenn sie in voller Blüte steht, und sie wird einen schönen Kontrast bilden zum Schnee draußen im Garten.

Der nächste Morgen kam viel langsamer, als es sich Gero wünschte. Auf dem Kalender stand 22. Dezember.

Er war bereits so früh auf den Beinen, dass er leicht hätte dreimal Frühstück machen können. Draußen war es bitterkalt und er beeilte sich, genügend Holz für den Kamin in die Hütte zu holen. Es war noch eine knappe halbe Stunde, als er den Kamin anzündete.

Es knisterte schön und eine wohlige Wärme erfüllte den Raum, als Rusty die Ohren stellte und es gleich darauf an der Tür klopfte. Es war Ilse und sie war pünktlich. Das war von außerordentlicher Wichtigkeit für das Rührei zum Frühstück. Er mochte es nicht kalt und zusammengefallen.

Gero und Ilse begrüßten sich herzlich, dabei schaute sich Ilse ganz erstaunt in der Hütte um und registrierte mit einem Lächeln den so schön gedeckten Tisch. Sie ging vor dem Kamin in die Hocke und streckte ihre Hände gegen das wärmende Feuer.

„Der Kaffee ist fertig", rief Gero. Immer noch schweigend blickte Ilse in die Runde und schritt gemächlich zum Tisch, wo Gero bereits Platz nahm und auf sie wartete.

„Sagen sie Gero, haben sie das alles selbst gemacht?"

„Ja, auf gewisse Weise schon, warum?"

„Na ja, ich bin positiv überrascht, da ich von einer Gartenhütte so etwas nicht erwartete. Vor allem nicht den schönen Kamin."

Gero klebte mit den Augen förmlich an dem fröhlichen Gesicht von Ilse. Er sog die freundliche, jedoch zurückhaltende Art seiner Tochter, gierig in sich auf. Immer darauf bedacht, nicht wie ein Lüstling zu wirken, der nur daran dachte, ein junges Mädchen zu verführen.

Es fiel im sehr schwer, nicht geradewegs auf Ilse zuzugehen und ihr die Wahrheit zu sagen. Aber er hatte auch etwas Angst davor. Es war eine Zwiespältigkeit in ihm vorhanden, die er angestrengt versuchte in den Griff zu bekommen.

Gero unterbrach das staunende Umherblicken und sagte: „Nicht nur schön, sondern auch praktisch. Holz gibt es genug. Es braucht nicht lange und ich habe es schön warm. Vor allem kostenfrei."

Er reichte Ilse Toast und Rührei.

„Was machen sie eigentlich? Wir haben bis jetzt immer nur über mich gesprochen. Sie müssen doch noch arbeiten, um leben zu können?"

„Wissen sie, ich habe ... vor langen Jahren einmal alles verloren, was mir lieb und teuer war. Falsche Freunde und eine nicht glücklich verlaufene Ehe waren dann das Aus für mich. Die Trennung von meiner Frau war da noch das Geringste, was mich schmerzte."

Die Antwort war eher ausweichend, aber Ilse akzeptierte das und wollte später noch einmal darauf zurückkommen.

„Da gibt es eine Parallele. Ich wuchs in einer Familie auf, in der es einen Stiefvater gab.
Aber das gibt es ja häufiger, fast ein Modetrend. Es gehört fast zum guten Ton. An meinen Vater habe ich keine Erinnerung, da meine Eltern bereits getrennt lebten, als ich sieben war. Als mein Vater für immer ging, da war ich neun."
„Das mit dem guten Ton könnte man fast annehmen. Aber lassen wir die Vergangenheit ruhen, sie holt uns noch früh genug ein", sagte Gero.
„Und dann sind sie einfach Eremit geworden?"
„So extrem nicht. Ich hatte immer Kontakt und auch hier und da Bekannte, aber Freundschaften – da bin ich sehr vorsichtig geworden. Das da, das ist mein wahrer Freund."

Gero zeigte auf Rusty, der sich vor dem Kamin einen Platz gesucht hatte, lang gestreckt auf dem Boden lag, mit dem Kopf zwischen den Vorderbeinen. Mit den Augen blickte er immer mal nach oben.
Man konnte denken, dass er es mitbekam, wenn über oder von ihm die Rede war. Seine Ohren stellte er auf und bewegte sie immer in die Richtung, von wo gesprochen wurde.
„Ich habe ihn vor einigen Jahren aus einem Müllcontainer gerettet. Da war die Promenadenmischung Rusty etwa drei Monate alt."
„Warum Rusty? Klingt so englisch."
„Weil sein Fell so nach Rost aussieht. Und Rosti klingt nach Bratkartoffel und Bratwurst."
„Und was arbeiten sie nun genau?"

„Wenn ich dringend Geld brauche oder einfach Lust habe, dann kann ich ein paar Artikel für die Lokalzeitung schreiben.
Die Themen finde ich direkt auf der Straße. Und das Geld, was ich dann nicht brauche, spare ich einfach. Ansonsten bin ich sehr genügsam und nutze viele Möglichkeiten und Tricks Geld zu sparen."

„Als da wären?"
„Sehen sie ..., ein Beispiel ist der Stromverbrauch. Außer Kühlschrank und Warmwasserbereiter, brauche ich kaum Strom. Doch, für ein Radio noch und meinen PC. Im Winter ist der Kühlschrank draußen, eine kleine Kammer vor der Hütte. Und Licht liefern mir Kerzen und Petroleumlampen. Für den Notfall ist der Lichtschalter natürlich greifbar. So ist das."
„Haben sie denn kein TV-Gerät?"
„Hatte ich. Aber das habe ich nicht mehr. Ich höre Radio und lese sehr viel, das ist Nahrung fürs Gehirn. Außerdem muss ich ja ab und zu etwas schreiben. Wo bleibt da Zeit zum Fernsehen?"
„Apropos lesen. Wo ist denn hier etwas zum Lesen? Regale oder Bücherschrank sehe ich nicht. Wo haben sie ihre Bücher?"
„Dazu müssen wir kurz vom Tisch aufstehen."

Gero griff nach oben zur Holzdecke und steckte einen Finger in ein kleines Loch der Kieferver-schalung. Nacheinander klappte er vier Laden nach unten, in denen sich die Bücher aneinander reihten.
„Sehen sie, hier zwischen den Nagelbindern habe ich mir ausklappbare Regalmulden eingebaut, wo ich meine gesamte Literatur unterbringe. So habe ich insgesamt etwa 4,50 Meter Regal."

Fasziniert schaute Ilse auf die vier nach unten gekippten Regalmulden, mit allerlei Lektüre, die ihre Bewunderung hervorriefen, denn das hatte sie nicht erwartet.

„Genial!"

„Und so habe ich, um Platz zu sparen, viele Staumöglichkeiten geschaffen, die nicht gleich zu sehen sind. Und mein Rest der Möblierung ist zu 90% vom Sperrmüll. Natürlich von mir aufgearbeitet, ich habe ja Zeit dafür."

So erfuhr Ilse nach und nach, was man eigentlich alles tun kann, um Geld zu sparen und trotzdem glücklich zu leben.

Aber ganz so glücklich schien Gero trotzdem nicht zu sein, was Ilse aus den Zwischentönen zu vernehmen glaubte. Es wurde ein sehr unterhaltsames Frühstück, bei dem Ilse eine Menge Sympathie für den alten Herrn entwickelte.

Es machte ihr Spaß, die Gespräche mit Gero zu führen, und so dauerte das Frühstück bis weit in die Nachmittagsstunden.

Ilse verabschiedete sich von Gero, obwohl sie das Gefühl hatte, dass sie bleiben sollte. Es war ganz eigenartig und nicht erklärbar. Lange hatte sie nicht mehr ein so zufriedenes Gefühl gehabt, wie in seiner Gesellschaft.

Als Ilse gehen wollte, blieb sie stehen und zog etwas aus ihrer Tasche, die sie sich umgehängt hatte. Sie reichte Gero ein abgegriffenes Foto und sagte: „Das war meine Familie.

Es ist mein Lieblingsfoto, das einzige, dass ich von meinem Vater besitze. Damals soll er einfach abgehauen sein."

„Oh, das tut mir leid", sagte Gero, als er sich mit seinem damaligen Hund auf dem Foto erkannte. Er kämpfte etwas mit seiner Fassung, als er hörte, dass er einfach abgehauen war.

Das Foto erinnerte ihn sehr genau an damals und er hätte detailgetreu schildern können, was sich auf der Wanderung mit seiner Tochter ereignete.

Das mit den Schnecken wäre nur ein Beispiel gewesen, um Ilse die Wahrheit zu offenbaren.

Gero stand da, ganz in Gedanken versunken und betrachtete wortlos das Foto, als er Ilses Stimme wieder vernahm.

„Na ja, dann bis nach Weihnachten. Dabei nahm sie ihm das Foto ab und steckte es wieder in ihre Tasche.

„Gero, was haben sie denn eigentlich so vor ... so ... am 24. Dezember?"

„Ich werde mir, wie in jedem Jahr, etwas Besonderes kochen. Ein Menü mit allem Vor und Zurück.

Ilse lachte und rannte los. Als sie an der Gartentür ankam, rief Gero ihr hinterher: „Sie wissen ja jetzt, wo sie mich finden ... sollten sie Langeweile haben ..., so am 24. Dezember ..., ich bin hier. Das Weihnachtsessen gibt es traditionell bei mir um 20 Uhr!"

Er winkte ihr nach und ging zurück in die warme Stube. Ilse war bereits hinter den Büschen verschwunden, und Gero war sich nicht sicher, ob sie das alles hörte, was er ihr hinterher rief.

Weihnachtliche Studentenrunde

24. Dezember – Heiligabend.

Die acht verbliebenen Studenten versammelten sich in der großen Küche des Wohnheims und alle übernahmen Aufgaben, um ein Weihnachtsessen zu zaubern und gemeinsam einen gelungenen Weihnachtsabend zu verbringen.

Nur Ilse war nicht richtig bei der Sache und zupfte nachdenklich an den Salatzutaten herum. Auch deshalb, weil ihre Mutter sich aus Kanada noch nicht gemeldet hatte. Ilse fühlte nicht die rechte Stimmung, um Weihnachten zu feiern. Das merkten auch ihre Kommilitonen und ließen sie in Ruhe.

Der große Tisch war gedeckt und auch das Essen war fast fertig.

Von draußen drang das Glockengeläut in die Küche, um die Gläubigen zur ersten Messe zu rufen.

Es war 18 Uhr. Die Studentenrunde war bereits lustig, denn beim Zubereiten des Essens hatten sich alle reichlich Wein eingeschenkt. Von allen Seiten kamen sie auf Ilse zu, um sie etwas aufzuheitern, was immer nur für wenige Augenblicke Erfolg brachte. Es war wohl nicht ihr Tag. Ausgerechnet Heiligabend, an dem sie traditionell immer so verwöhnt wurde.

Vorbereitung in der Hütte

Gero hatte ebenfalls für seinen Heiligabend vorgearbeitet, und war nun an den feinen Details, die er ganz in Ruhe angehen konnte.

Die Hoffnung, dass Ilse vielleicht zu Besuch kommen könnte, ließ ihn alles in Euphorie erledigen. Es war sehr lange her, dass er sich in einem solchen Wohlgefühl befand. Allerdings fragte er sich, weshalb er Ilse nicht direkt einlud.

Instinktiv merkte er aber, dass seine Tochter eine junge Frau war, die ihre eigenen Entscheidungen treffen kann und auch möchte.

Gero dachte sich für sein Menü etwas aus, was er gut vorfertigen konnte. Es gab spanisches Knoblauchhähnchen mit Reis und einem Feldsalat. Die Hähnchenteile garten vor sich hin, der Salat war geputzt, das Dressing fertig und die Knoblauchsoße im Topf. Der Reis musste eine viertel Stunde vor dem Essen auf den Herd.
Der Kamin war angeheizt und verbreitete eine wohlige Wärme in der Hütte. Und wie es sein muss am Heiligabend – es schneite und es war knackig kalt.

Gero hatte vorsorglich ein kleines Päckchen vorbereitet, dessen Inhalt er lange, sehr lange schon hütete. Er legte es zu Füßen der Amaryllis, die bereits zwei der fünf Blüten entfaltet hatte.
Ein Foto, das Gero noch von früher besaß, stellte er, mit dem Rücken zum Betrachter, ebenfalls dazu.

Es zeigte ihn, seine Exfrau und Ilse bei einer Wanderung im Allgäu. Da war Ilse fünf Jahre alt.
Gero war fest entschlossen, Ilse hier und heute zu gestehen, dass er ihr Vater ist. Darauf wartete er schon so lange, dass er es nun nicht auch nur um einen Tag verlängern wollte.
Rusty war von allem natürlich unbeeindruckt, lag zufrieden vorm Kamin und träumte wohl, denn ab und zu zuckte er und stöhnte ganz entspannt.
Gero holte sich aus dem Outdoor-Kühlschrank eine Flasche Wein, um ihm etwas mehr Zimmertemperatur zu gönnen, setzte sich vor den Kamin und hörte Weihnachtsmusik. Es war noch etwas Zeit, um den Reis aufzusetzen, damit er pünktlich um 20 Uhr fertig ist.

Spontane Entscheidung

Ilse saß unterdessen ziemlich schweigsam in der Runde und stocherte lustlos in ihrem Essen.
Sie dachte an ihre Mutter, die sich noch immer nicht meldete, und Gero ging ihr auch nicht aus dem Kopf.
Irgendeine Stimme sagte zu ihr, dass er alleine ist und sie ihm Gesellschaft leisten und einfach zu ihm gehen sollte.

Ständig schaute sie auf ihre Uhr und der Zeiger lief unaufhörlich in Richtung 20 Uhr. Sie hatte vor zwei Tagen sehr wohl vernommen, wann Gero das Weihnachtsessen fertig haben wollte. Ilse wurde immer unruhiger. Als sie erneut zur Uhr schaute, war es 15 Minuten vor 20 Uhr.
Plötzlich sprang sie vom Tisch auf, packte ihre Sachen und verließ hastig, ohne Worte, die Studentenrunde.
Ihre Kommilitonen sahen entgeistert hinter ihr her und keiner sagte etwas. Schwupp, war Ilse verschwunden.

Alles blüht auf

Gero war ebenfalls etwas unruhig und stellte, wenn auch etwas spät, den Topf für den Reis auf die Kochplatte. Da hob plötzlich Rusty seinen Kopf und stellte die Ohren.
Gero blickte zur Uhr und es waren noch drei Minuten bis 20 Uhr. Er legte die Reisbeutel ins brodelnde Wasser, beugte sich zu Rusty und streichelte ihm über den Kopf.
    „Wir bekommen wohl Besuch?"
da klopfte es schon an der Tür.
    „Ilse! Na, das ist ja eine Überraschung."

Irgendwie wollte Gero den Besuch als Überraschung ansehen, wollte auch Ilse das Gefühl vermitteln, dass er sie nicht erwartete und die Freude doppelt groß war.

Beiden war anzumerken, dass sie sehr wohl wussten, dass Überraschung und Erstaunen gespielt waren. Aber weder Ilse noch Gero hatten den Mumm, dies einzugestehen.

„Haben ihre Freunde sie versetzt?"

„Nein nein, ich war halt nur spazieren gegangen und dachte ..."

„Kommen sie rein, es ist kalt vor der Tür."

„Wenn ich nicht störe?"

„Haben sie vergessen, dass ich alleine bin? Frohe Weihnachten, Ilse."

„Frohe Weihnachten, Gero. Oh, ist das gemütlich bei ihnen. Haben sie noch nicht gegessen?"

„Wie schon gesagt, ich esse traditionell immer um 20 Uhr am Heiligabend. Und wenn sie auf die Uhr sehen..."

Ilse schaute ihn an und verzog die Mundwinkel etwas nach unten, fühlte sich ertappt. Gero nahm ihr den Mantel ab und sah, nachdem Ilse ihre Mütze abnahm, dass sie unter der Mütze ganz geschwitzt war. Sie muss wohl spazieren gerannt sein. Er behielt die Erkenntnis lächelnd für sich. Beide deckten gemeinsam den Tisch, stellten Kerzen auf. Sie unterhielten sich dabei prächtig.

Die vier dicken Kerzen auf der großen Baumwurzel in einer Ecke des Raums, mit frischen Tannenzweigen bedeckt, reckten ihre große Flamme nach oben und erleuchteten den Raum fast alleine.

Ilse bekam auf einmal große Lust auf Essen und sogar Hunger stellte sich ein.

„Eigentlich bin ich nur ganz zufällig hier vorbeigekommen.

Ich habe ja nicht einmal eine kleine Aufmerksamkeit für sie", sagte Ilse mit einem Seitenblick auf die Amaryllis und das kleine Päckchen.

„Das ist auch nicht notwendig. Ihre Gesellschaft ist doch viel mehr wert, als ein Geschenk. In meinem Alter sind solche Kleinigkeiten nicht mehr so wichtig." Inzwischen saßen beide vor dem Weihnachtsessen und genossen das Knoblauchhähnchen und den Wein.

„Gero, ich bin überrascht, dass sie so gut kochen können, es schmeckt vorzüglich. Und Knoblauch mag ich auch sehr gern."

„Freut mich, dass es ihren Vorstellungen entspricht."

„Die Amaryllis ist wunderschön."

Ilse nahm ihr Glas, blickte Gero ganz vertraut an und sagte: „Prost!"

„Prost Ilse. Auf..., auf... die Amaryllis."

„Auf die Amaryllis."

Beide aßen nun etwas stumm weiter und Gero bemerkte, dass Ilse nachdenklich wurde.

„Was haben sie, Ilse? Ist etwas?"

Sie blickte gar nicht hoch und erwiderte nur: „Ach – eigentlich nichts, nur..."

„Sagen sie's, sprechen sie's aus. Ich bin ein guter Zuhörer."

„Na ja, es ist so. Es erinnert mich heute, aber auch schon vorher, wenn ich bei ihnen war, vieles an früher, als wir noch mit meinem Vater zusammen waren."

Gero blickte sie an und unterbrach seine Tochter nicht.

„Es ist manchmal wie in einem Film. Er spult vor mir ab, ich kann ihn anhalten und sogar vor und zurück fahren. Alles ist abrufbar. Es kommen Dinge wieder ins Gedächtnis, die ich eigentlich schon verdrängt hatte.

Das Einzige, was ich nie vergessen konnte, war mein Vater und seine Worte, dass ich, wenn ich mal studieren sollte, nach Göttingen gehen müsste. Das stand für mich immer fest.

Meine Mutter verstand das nicht, sie vermied überhaupt, von ihm zu reden, und wenn, war alles sehr negativ. Allerdings weiß ich nicht, ob das alles so stimmte, was sie mir erzählte.

Und die Dinge, die sich in meiner Erinnerung wiederbeleben, sind eben das Kaminfeuer, der Hund unterm Tisch, und das gute Essen, was oft der Vater kochte.

Und ganz besonders die Amaryllis, die es früher auch immer gab. Das ist alles schon etwas eigenartig, aber scheinbar wiederholt sich irgendwann im Leben alles."

Gero ließ sie reden und blieb still. Das Essen war beendet und sie deckten den Tisch ab. Dann gab es Kaffee und Weihnachtsgebäck. Plötzlich stand Ilse unversehens dicht vor Gero, sah ihn an und gab ihm einen Kuss auf die Wange.

„Gero, vielen Dank für den heutigen Abend. Ich fühle mich einfach wohl hier. Kann ich noch ein wenig bleiben?"

„Das hoffe ich doch", antwortete Gero völlig verdutzt. Er empfand in diesem Moment eine unglaubliche Nähe zu seiner Tochter.

Die weihnachtliche Stimmung verstärkte diesen Eindruck noch und es bildete sich eine Gänsehaut auf seinem Rücken, verbunden mit einem nicht zu beschreibenden Kribbeln. Seine Knie begannen zu zittern und er musste sich schnell hinsetzen.

Auch Ilse erging es nicht anders, da war ein eigenartiges Gefühl der Vertrautheit und inneren Verbundenheit, das sie nicht erklären konnte.

Da sie eine sehr realistische Person war, sagte sie sich, dass dies wohl damit zusammenhängt, dass sie nie so richtig ein Gefühl des Vater-Tochter-Verhältnis empfand, und dies bei diesem netten Herrn wiederbelebt wurde. Sie war einfach zufrieden und beschloss, sich auch nicht dagegen zu wehren.

Beide saßen am Tisch und redeten und redeten. Es war wunderschön und beide genossen diesen Moment, jeder für sich und mit anderen Vorzeichen. Immer wieder sah Ilse neugierig auf die Amaryllis und das kleine Päckchen. Der Wohnraum war in ganz eigenartiges Licht getaucht, das sich durch den Luftzug der Bewegungen immer wieder veränderte.

Die Flammen auf den Kerzen tanzten, und das Kaminfeuer flackerte. Mal wurde es dunkler in der einen Zimmerecke, mal heller in einer anderen. Es war eine sehr feierliche Stimmung. Die leise Radiomusik trug ebenso dazu bei, wie das leise Schnarchen von Rusty.
Als Gero schließlich zur Amaryllis griff und das kleine Päckchen nahm, merkte er, wie der ganze Körper seiner Tochter bereit war, eine Überraschung zu erleben.
Wenn es auch nur ein kleines bisschen sein würde. Ihre Beine wedelten leicht unter dem Tisch und ihre Finger zuckten erwartungsvoll. Ihre Augen glänzten neugierig.
„Soll das für mich sein?", fragte sie überrascht, wie man das eben so tut.

„Ich dachte, dass es angebracht wäre", entgegnete Gero.
Das Foto hielt Gero noch in seiner Hand und wollte abwarten.

Ilse öffnete das kleine Päckchen ganz bedächtig, um ja nicht das Papier zu zerreißen – was natürlich die Spannung von Gero ins Unerträgliche steigerte.
Ilse entnahm erstaunt und still ein Paar weiße gebrauchte Babyschuhe aus dünnem Leder.
Sie sagte nichts, lächelte, und sah Gero nur fragend an.

„Sehr originell! Hat das eine besondere Bedeutung?"

Gero sagte nichts, legte aber das Foto auf den Tisch, direkt vor seine Tochter. Langsam senkte Ilse ihre Augen und schaute das Foto an. Sie glaubte zu träumen. In Sekundenschnelle rasten mehrere Jahre aus der Vergangenheit durch den Kopf. Sie bekam einen Kloß im Hals, eiskalte Hände und gleichzeitig heiße rote Ohren.
Davon merkte Gero allerdings nichts. Ilse kam mit ihrem Blick gar nicht mehr hoch. Gero half ihr jetzt, indem er ihre Hände in seine nahm und sie anblickte.
Dann fragte sie so leise, dass es kaum zu verstehen war:
„Sind das meine Babyschuhe? ... Papa?" Gero nickte nur stumm.

„Dann warst du es, der in der Uni nach mir fragte?"

In dem Moment saßen Vater und Tochter nur da, hielten ihre Hände und blickten sich stumm an. Beiden liefen Tränen übers Gesicht, als die Amaryllis ihre dritte Blüte zu entfalten begann und die erste Kerze auf dem Tisch erlosch.

Dank an alle Leser, die sich bis zum Schluss an meinen kleinen Weihnachtsgeschichten erfreuen konnten.
Vielleicht zündeten sie bei Lesebeginn eine Kerze an, die darüber fast vergessen wurde – wie die auf dem Bild. Nun hat sie in der Zeit ihre eigene kleine Geschichte erlebt.

**Allen ein frohes
Weihnachtsfest**